Abraham Lincoln, Friend of the People

林肯的故事

Clara Ingram Judson
[美] 克拉拉·贾德森 著
周弈婧 译

Newbery Honor book 纽伯瑞儿童文学奖作品

山東文藝出版社

图书在版编目(CIP)数据

林肯的故事/(美)贾德森著;周弈婧译,
—济南:山东文艺出版社,2015.5
(国际大奖儿童小说)
ISBN 978-7-5329-4576-4

Ⅰ. ①林…　Ⅱ. ①贾… ②周…　Ⅲ.①儿童文学-长篇小说-美国-现代　Ⅳ. ①I712.84

中国版本图书馆 CIP 数据核字(2015)第 054172 号

林肯的故事

[美]克拉拉·贾德森 著　周弈婧 译

主管部门 山东出版传媒股份有限公司
出版发行 山东文艺出版社
社　　址 山东省济南市英雄山路 189 号
邮　　编 250002
网　　址 www.sdwypress.com

读者服务 0531-82098776(总编室)
0531-82098775(发行部)
电子邮箱 sdwy@sdpress.com.cn

印　　刷 山东德州新华印务有限责任公司
开　　本 890mm×1240mm　1/32
印　　张 7
字　　数 115 千字
版　　次 2015 年 6 月第 1 版
印　　次 2015 年 6 月第 1 次印刷
书　　号 ISBN 978-7-5329-4576-4
定　　价 20.00 元

目　录

第一章　农场男孩

新耕的土地散发出一阵阵迷人的香气，飘荡在这小小的旷野上。小丘上，山茱萸和紫荆花在阳光下显得晶莹剔透；森林里的树木屹立在成片的雪割草与春美草之中。一只雄鹰威风凛凛地盘旋在高高的天空；矮灌木丛中，红雀与蓝鸦在其间飞来飞去。1813 年春天，肯塔基的树林生机盎然。

一个男人和一个小男孩沿着一道新翻的犁沟缓步而行。

这个男人叫托马斯·林肯，中等身材、体格结实、头发蓬乱，穿着一件破旧的土布衬衫，鹿皮的马裤塞在已磨损不堪的靴子里，有力的双手沾满了古铜色的泥渍。他的左肩上扛着一个鼓鼓囊囊的大袋子，每走几步他就从袋子里拿出一些玉米粒来播撒在犁沟里。

这个男人的身后跟着一个小男孩，他有着一头和他父亲一样的浓密黑发，全身上下就只穿了一件长长的棉毛衬衫。每当他迈开步子的时候，他的衬衫下摆都会拍打在他骨瘦如柴的大腿上。

“注意你的节奏，亚伯。”男人提醒道，“南瓜是个好东西，可是我不希望南瓜藤太密而占到玉米的地方。看着我，每种一粒种子后，数一遍‘一，二，三，’然后再种第二粒。”

“一，二，三——我种好一粒了，爸爸！”这个小男孩自豪地说道，“我不会种得太密的！”

“一定不能太密。”他一边向前挪动着，一边再次回头提醒道。

当走到这道犁沟的尽头，这个男人转过身来，心情愉快地说：“没有比今天更适合播种的日子了！”他抬起头，看了看天空中那只翱翔的老鹰，接着说，“今年春天这片树林里到处都是野兔。亚伯，种完这块地之后咱们就去打猎吧。”

“现在就去成吗？”亚伯急切地问道。他的父亲已经在田里干了好几天的农活了，每顿饭都吃不到新鲜的肉类，伙食十分的单调。

“不，现在还不成。”托马斯明确告诉儿子，“别那么失望，亚伯，你也好喜欢吃玉米饼是不是？”

“当然喜欢啦！”亚伯大声叫道，似乎对这个问题很是吃惊。他空空荡荡的衬衫下那个空空荡荡的胃已经咕咕了一个小时了，可是现在他们连一半的田地都还没种完。

“一个四岁的孩子可得知道，”托马斯说道，“一分耕耘，一分收获。所以，现在咱们得接着干！”于是他们又开始种地了。

托马斯·林肯说得十分坚决，他必须得逼着自己和亚伯继续干农活儿——尽管他更喜欢做些木工。托马斯的童年过得十分悲惨，只要有人愿意雇他，他就到处给别人干活儿。长大后，他在一次偶然的机会下来到了位于肯塔基中部的伊丽莎白镇。在那里，他遇到了一个叫约瑟夫·汉克斯的木匠。约瑟夫很喜欢这个年轻人，手把手地教会了他做木匠活儿。1806 年，托马斯·林肯娶了约瑟夫的侄女——南希·汉克斯为妻，这对年轻的夫妇便在伊丽莎白镇安了家。由于手艺出色，托马斯总是能接到很多活儿，他们的未来似乎应该是一片光明。

然而很快托马斯就发现，他并不像自己想象的那样喜欢这种小镇生活。当他们的女儿——莎拉出生后，托马斯立刻就在小镇往南几英里的霍金磨坊附近买下了一座农场。于是，他们便举家搬到了农场上，一个只有一间房子的小木屋里。在小木屋旁边有一眼地下泉水从大石头底下汩汩地涌上来，因此这个地方被称为深泉农场。1809 年 2 月 12 日，他们的儿子——亚伯拉罕在这里诞生了。

可惜，深泉广场并不如看起来那么美好：这里的土地很贫瘠，地理位置也很偏远。所以，托马斯·林肯决定再次搬家。直到亚伯两岁的时候，托马斯才找到一个令他满意的地方——留名溪农场（位于纳什维尔市和路易斯维尔市之间的主干道附近）。在这里，将近一半的肥沃土地都可以用于耕种，而剩下的一半则是树木繁茂的小山丘，能为他们提供充足的烧火用的木柴；在这块土地的边上还有一条小溪，给他们提供了干净的水源。这就是亚伯拉罕·林肯儿时的家，在往后的日子里，他经常怀念并提起这里。

林肯一家刚搬到留名溪农场的时候，只有一间小木屋和在肯塔基时用过的简单家具。夫妇二人在房间一个角落的泥地上插上一根大立柱，在立柱和墙之间搭上两块木板，再用手搓的粗麻绳将木板绑定在墙钉上，上面垫晒干的玉米壳，这样就成了两人的床。而孩子们的床，则是一张放在地上的、用玉米壳做的床垫，白天的时候，塞到父母的大床底下。他们睡觉的时候会盖上狐狸皮和野牛皮，还有南希自己缝制的毛毯和被子。当初搬家的时候，他们没法把所有的家具一起带走，所以托马斯便利用每个傍晚或雨天不能下地干活的时间做一些新的家具——一张桌子、两张木条钉成的椅子、几只凳子、一个放碗盘用的角柜以及壁炉上方一个用来放钟的搁架。等到两年之后的播种季节，这间小木屋看上去已经相当的舒适了。托马斯还打算哪天再刨几块厚木板做地板，再做一个好点的门。这些拓荒者们从来不急于求成。

石头壁炉可谓是家庭生活的中心，他们在壁炉上做饭，明亮的火光一年四季都照耀着这个温馨的家。木柴被堆在门外靠左的位置，即便天气恶劣也十分方便拿取；厨具被挂在壁炉的两边，纺车和织布机也都放在离壁炉不远的地方；锡制叉子、勺子、碟子和刀被收在角落的那个碗柜里；南瓜干、苹果、玉米穗和香料成串地吊在天花板上风干。壁炉上方有一口摆来摆去的吊锅是林肯太太用来炖肉的，还有一个支架是她用来烤玉米饼的。

春天的这个早晨，当亚伯跟着父亲做完了农活之后，他向小木屋跑去，他知道母亲一定做好了可口的饭菜在等着他回来。远远地，他就看见矮树丛上平摊着好多毯子、裙子和衬衫在大太阳底下晒着，他想起来今天是妈妈和姐姐莎拉大扫除的日子。当然，食物早就准备好了，还没进屋，亚伯就闻到一股烤玉米面的香味。

“饿了吗亚伯?”母亲逗着他道，“你的玉米饼已经烤好了，就在炉子上。”她又对女儿说：“莎拉，你也该吃饭了。我猜你们俩都已经累坏了吧，快坐会儿。”

她慈爱地看着这两个孩子，她那张和亚伯一样蜡黄消瘦的脸，笑起来别有韵味。南希·汉克斯·林肯身材苗条、个子中等，深棕色的头发盘成一个低低的发髻，上面插着一把牛角梳子。用亚麻和羊毛纺成的裙子直接罩在她的肩膀上，连一颗纽扣也没有——这些来拓荒的妇女们很少有像纽扣这样的奢侈品。等到孩子们都已经安安分分地坐在柴火堆上，林肯太太才进屋。

这个柴火堆是个闲看来往过客的好地方。有时候，一天会有四五个人从这里走过，这些人都好像是突然从小山后面冒出来的一样，观察他们是一件很有意思的事情。饭快吃完的时候，莎拉用手肘推了推亚伯，轻轻地说道：“瞧啊亚伯，你瞧那边！”

亚伯看向她手指的方向，只见一位穿着十分体面的男士从小丘后面骑马而来。他戴了一顶海狸毛皮的大礼帽，穿了一件剪裁干净利落的外套、短马裤、长筒袜，还有一双镶有大银扣的鞋子。

“妈妈！快来呀！”莎拉滑下柴火堆，边跑边向她母亲叫道。

“那位先生应该是一名律师，”林肯太太看着那人说道，“你看，他的头发向后扎得多么整齐！瞧见他漂亮的衣服了吗？他大概是要去伊丽莎白镇的地方法庭。我曾在那儿看到过不少律师，不过还没见过比这位先生更体面的。孩子们，律师是伟大的人，他们不仅能够阅读和写字，而且还通晓当地的法律。”林肯太太的声音里充满了尊敬。

母子三人默默地看着这位先生骑马而过，他甚至都没有朝他们的方向瞥上一眼。他身后的仆人手上拿着一顶真丝的大礼帽，骑着一匹小马，上面驮着几个挂包和一个旅行皮箱。这位仆人冲这两个孩子笑了笑，不过什么都没有说。

“律师一定非常了不起。”莎拉感到自己受了冷落。大部分的旅人都会停下来跟他们聊会儿天，或者至少会大声地跟他们打个招呼。

亚伯什么都没有说。他跳下柴火堆，又去拿了几块玉米饼。莎拉不屑地想道，亚伯现在还只是个小鬼，除了吃的，他对什么都不感兴趣。

“他似乎压根没把那个律师放在心上，”莎拉想着，“他就只知道填饱肚子。”

接下来的几天里，播种工作终于全部完成了。在做完每天的杂活后，莎拉和亚伯还会帮着母亲种一些绿叶蔬菜，他们还准备在小木屋的后面弄一个小花园。当小花园完成的时候，青青的玉米茎叶已经从土地里冒了头，忍冬花的芬芳飘满了整个山丘。很快，夏天来了。两个孩子一起捡浆果，制作肥皂，还帮忙采些野苹果，然后在屋外的大罐子里熬制苹果酱。

到了收获的季节，林肯太太的堂弟——丹尼斯·汉克斯会从小镇过来帮忙。丹尼斯今年十五岁，是一个健壮又讨人喜欢的年轻人，他与莎拉和亚伯相处的时候也不会摆长者的架子。他喜欢听故事和趣闻，每天晚上他都要托马斯·林肯讲他童年时期的经历。

在一个雨夜，这一家子都窝在小木屋里。林肯太太在角落里纺着毛线；莎拉坐在壁炉边的木凳子上织着袜子；其他人也都在温暖的炉火前坐着。雨滴从烟囱上滑落下来，滴到红彤彤的木炭上发出嗞嗞的声音，让人觉得安心舒适。

“今晚跟咱们说说你的爸爸吧。”丹尼斯央求道。

“你不是已经听过了吗?”托马斯·林肯对他笑了笑。

“这样的故事值得多听几遍。”林肯太太补充道。

“比起来，咱们现在可真幸运啊!”托马斯咯咯一笑，向前坐了坐，开始讲故事。

“我的爸爸是弗吉尼亚的亚伯拉罕·林肯——亚伯，你就是以你爷爷的名字命名的。他是一个好人。大约在 1784 年，爸爸带着他的妻子和五个孩子离开了弗吉尼亚，而我就是家里最小的孩子。他听说肯塔基是个好地方，所以就想搬去那里。”

丹尼斯问：“难道他就不晓得那里有印第安人吗?”

“大概不晓得,”托马斯回答道,“在弗吉尼亚的时候，他只听说肯塔基是个天堂，在那里可以拥有大片的土地。我也是听我哥哥说的，毕竟那时候我才六岁。哥哥告诉我，爸爸是个真正的美国人。他的祖先是贵格会教徒[①]，两百多年前就从英格兰来到了这里——你该为你的家族感到骄傲，亚伯。”说着他看了那个孩子一眼，而亚伯正专心听着。

“爸爸带领全家穿过了坎伯兰岬口，找到了一个称心的

---

① 贵格会教派，坚持信奉平等的基督教支派，是美洲拓荒者中的重要力量，对美国文化影响深远。

地方，于是就在那里安了家。那儿很美，咱们都很喜欢那里，爸爸还造了一间小木屋。有一天，我的哥哥们在围篱笆，而我和爸爸在种玉米——就像去年春天我和你做的那样，亚伯——突然，我听到一声哀号，然后看见爸爸摔倒在地，痛苦地打着滚，一支箭刺进了他的后背。”

“我的哥哥莫迪凯喊道：‘约西亚！快去要塞那里求救！快去！’约西亚跑开后，莫迪凯冲进小木屋里，拿起爸爸挂在墙上的上了膛的枪，架在窗户上准备射击——但他发现我也在那儿，在爸爸后面。他用尽了全部的理智控制自己没有开枪。他看见一个印第安人正从一棵树后慢慢地向爸爸挪动、挪动，想去剥他的头皮。莫迪凯瞄准了那个印第安人身上的银镯子，然后向那个野蛮人开了枪。”

“那声巨响实在太可怕了。那个印第安人倒在我和爸爸边上死了，莫迪凯狂奔过来将我一把拉走。过了一会儿，咱们的救兵从要塞赶来了。那些人在这里留守了一阵子，接着又杀了两个印第安人，然后就把爸爸给埋葬了。在那之后，妈妈只得带着咱们离开这个地方，还好，咱们活了下来。”

“所以现在你才能在这儿，爸爸。”亚伯睡眼蒙眬地嘟哝着。

炉火快要烧尽了，雨点仍在滴答下着。孩子们把床垫拉出来准备睡觉，小屋里一片温暖安逸。

第二章　肯塔基州学校

之后的两年里，好多事情都在亚伯的脑子里混在一起，以至于后来他很难回忆起哪一年发生了哪些事。丹尼斯·汉克斯很喜欢留名溪农场，他经常会来这里帮忙，和林肯他们简直就像一家人一样。1815 年初的一个大冷天，托马斯·林肯带回了一个消息——可惜那时候丹尼斯并不在这儿。

“一位叫作莱尼的教师来这儿办了一所学校，就在山上差不多三英里远的地方。”他说道。

“学校！噢，托马斯！”林肯太太惊呼起来，她的眼睛闪烁着喜悦的光芒，“那么孩子们就可以去上学堂了，对不对?”

“我可不知道他们需不需要上学堂。”他一边回答，一边脱下沉重的鞋子，将自己的双腿舒展开来，伸向火炉取暖。林肯太太急切地看着他做完这一系列动作。然后他接着说：“我不识字，除了自己的名字以外一个单词都不会写，但是我不也活得挺好的吗？读书到底有什么用呢？”

“托马斯，读书是件好事！”林肯太太抗议道，“我一直都希望孩子们能读书。”

“好吧，”托马斯不再捉弄太太了，笑着说道，“他们会有这个机会的。我已经为他们付了六个星期的学费了。”

“我和亚伯要去上学堂了吗爸爸？”莎拉兴奋地问道。

亚伯看到他的母亲感激地对丈夫笑了笑，脸上红扑扑的，看起来很高兴。

为了让他们周一能去上学，林肯太太还有好多准备工作要做。她给莎拉做了一条裙子，又给亚伯做了他人生的第一条马裤。亚伯穿上它之后，神气活现地在壁炉前走来走去，炫耀着他的新裤子。

“这条裤子就跟爸爸的那条一模一样！”他得意洋洋地说道，“你瞧呀莎拉，我现在有一条和爸爸一样的马裤了！”莎拉笑了笑，她知道亚伯一直想要一件正经的男装。去学校的那天，林肯家的孩子看起来非常的漂亮。

那个时候，肯塔基州还没有公立学校，父母们以食物、衣物或者现金等一切他们所拥有的东西支付学费。莱尼老师的教学属于“吧啦流派”——也就是说，学生们“吧啦吧啦”(一起大声地背课文)的时候，老师就知道他们是在学习了。留名溪学校只有一间破旧的单间小木屋，其中一面木墙上被凿了个洞当作窗户。莱尼教书用的是迪尔沃斯识字课本(非常有名的蓝背拼写书)，为了监督班上十二个学生的学习，他会用小树枝抽打偷懒的孩子的手心。教室里的读书声十分嘈杂，但亚伯发现想要糊弄莱尼并不是一件容易的事情。哪个学生一偷懒，他立刻就会察觉，然后过去用枝条打上一下。

第一天放学回家的时候，母亲早早地就给他们准备好了热烘烘的饼，迫切地想听听他们究竟在课堂上学到了些什么。那天晚上，亚伯蜷在床上躲在野牛皮的毯子里背着课文，“A, B, C……”他尽量把声音压低，不想吵醒父亲。

“亚伯?”他母亲轻轻地问，“你不舒服?”

“我没有不舒服，妈妈。”亚伯回答道，“我只是在背书。”

她起身过来紧紧地抱住他，说：“你要抓住机会好好地学，亚伯。学习是件好事!”

莎拉和亚伯学习了字母表，一些基础的单词拼写，还有像二加二等于四这种简单的算术。大一点的孩子还会上写作课，他们用漆树的树汁当作墨水，用自己家里做的那种羽毛笔写字。一到春耕时期，这些孩子们就得回去帮着家里干农活，所以学校关闭了，回到家的亚伯只好用木炭棒在劈开的木头上写字。

现在，当托马斯用牛舌型的石犁耕地的时候，亚伯可以在前面骑着马拉犁了。托马斯把这片肥沃的土地经营得非常好，他们现在有四匹马、一头奶牛、几只猪和一群羊。亚伯也可以帮忙照料家畜了，耕完地后，他还会给马铃薯地除草和砍柴。

“如果你能试着温柔点敲门，等会儿我就教你怎么砍树。”他父亲许诺道。

完成所有的农活儿后，亚伯就会去钓鱼，或者根据季节的不同去找些蜂蜜、浆果或是花生。肯塔基的树林里总有丰富的食物等着你去采集。

莎拉也有自己的活儿要干。她得在开饭前把木碗和木杯（这些都是父亲自己做的）摆上饭桌，吃完饭还要洗碗和收拾。他们有几个陶制盘子是给客人用的，平时收在高高的架子上。莎拉用亚伯从小溪里带回来的沙子把刀具和锡制叉子、勺子磨得锃亮，铜水壶也被她擦得闪闪发光。她还要挤牛奶，帮亚伯除草，还得织袜子。今年，林肯太太还教了她怎么把羊毛加工成毛线。

父亲和母亲干活都很努力，维持生计是全家共同的目标。托马斯·林肯负责种地和收割，时不时地打一些野味，还把玉米带到霍金磨坊去磨成面粉；他给家畜造了个棚子，还围上了栅栏。冬天的时候，他就给邻居们做些木匠活。

林肯太太负责做针线活、做饭、纺纱和织布。她是个出色的裁缝，她做的衣服比别人去教堂才穿的高级货更加好看。空闲的时候，她也会缝缝床罩和被单，让这个家在白天看来也一样的温馨舒适。此外，她还是一个出色的大厨，她知道树林里的哪些香草可以拿来炖出美味的食物。

亚伯很喜欢看母亲做玉米饼。她把水和玉米面在碗里和匀，然后用两只手掌压出一个饼来，再迅速一按，她的掌印就留在了玉米饼上——她称之为“南希之印”，然后玉米饼就可以上炉烘烤了。

下午的时候，在她干完了活儿之后、准备做晚饭之前那点空档，她会把木条椅子搬到外面来，靠着小屋坐着休息一会儿。莎拉和亚伯最喜欢这段时间了，因为母亲会唱歌给他们听，或是给他们讲小镇上的事情。她告诉他们，有些人非常的有钱，穿着漂亮的衣服，有奴隶为他们干活，出门还有马车。这些话只不过是他们拿来消遣的趣事，并没有让她和孩子们觉得自己很“贫穷”。只有在和邻居攀比的时候，人们才会觉得自己“富有”或是“贫穷”。在留名溪，林肯一家过得还是挺不错的。

每逢暴雨天，林肯太太会坐在火炉旁，拿出书架上的《圣经》给孩子们读圣经故事。她不识几个字，只能认出一些地名和人名，然后用自己的话把这个故事讲出来。偶尔，她也会一个人独自忧愁，也许是为那个刚出生没多久就死了的孩子感到悲伤。而亚伯当时还太小，根本就不记得有过这么一个兄弟。

在肯塔基，工作并不是生活的全部，林肯一家还有很多朋友。人们会一起帮邻居盖房子、剥玉米，还会帮忙操办婚礼和丧事。大部分的家庭都会去教堂做礼拜，林肯一家归属于几英里之外的小山教堂，每当集会的时候，亚伯就和父亲同骑一匹马，莎拉和妈妈同骑另一匹，一家四口赶往教堂。每年夏天，当地教堂会举行一场盛大的、为期好几天的野营集会。农夫们会把家畜都赶进牧场的围栏里关起来，这样可以好几天不用照料它们。野营集会总是欢快、热闹又充满宗教氛围，在为期好几个月的农忙生活之后，他们需要这样的一场放松。

肯塔基的拓荒者们说着属于自己的方言，他们也称之为“英语”。他们管“第一次”叫“头回”。托马斯会说“猪拱菜园了”，莎拉洗陶盘的时候林肯太太会嘱咐她千万“当心”。托马斯去小镇上“捎”东西回来。亚伯在田地里“下种”，还要去学校“念书”。就连“林肯”这个姓氏都有好多种不同的写法和念法——“林柯”、“林克”、“林库”等等。拓荒者是一群自由自在的人，他们想怎么说就怎么说，不喜欢受词典的约束。

过路的旅人是亚伯唯一了解外部世界的途径，他们偶尔会在小木屋处稍作休息，吃点东西或者过上一夜。晚上，他们会坐在炉火边与林肯一家聊天。他们提到的一些名字听起来很吸引人——拿破仑、阿斯特家族①、布恩、印第安人酋长特库姆塞。亚伯之后经常以一种向往的语气提到这些名字。有时候，这些旅人还会说到“美利坚合众国”和“国旗”。

“我就有一面国旗。”一位过路人骄傲地从衣服里拿出了

① 美国房地产家族。

一块布，自豪地把它展开——那是一面美丽的旗子，上面有红白蓝三色和许多星星。那人指着旗子说：“一共有十八颗星星，代表十八个州。”在当时，“十八”这个数字已经超出了亚伯数学的极限了。

那些旅人还会谈到“自由”、“奴隶制”和“弗吉尼亚”，还经常夸赞一个叫作亨利·克莱的人。亨利·克莱是个肯塔基小伙子，他们说他很有名。有时候，他们还会以担忧的口吻提到“所有权”、“土地测量”、“交税”和“法律”。尽管那时候的亚伯还不知道这些词是什么意思，但他对它们却很感兴趣。一天晚上，他听到父亲说：“还好咱们不用担心这些，咱们的土地是有所有权的，也按时交了税。”那些旅人都说他很幸运。

1816 年初，另一所学校开学了。亚伯非常想去，也许这回他就能学到那些词语的意思了；他的父亲从来都不为他解释。但是，那所学校也在春耕季节来临的时候关闭了。过了一个星期，丹尼斯·汉克斯来帮忙了，又一年的工作开始了。

在 1816 年一个秋天的夜晚，托马斯·林肯拖着疲惫的身体从镇上回来了，他看起来十分的愤怒。亚伯帮父亲喂了马，并铺好了草让马休息，但是他始终没说一句话。晚饭期间，孩子们狼吞虎咽，他却根本没心思吃饭。他无力地垂着双肩，偶尔抬头瞟一眼这间和乐融融的屋子，眼神里充满了悲伤。

“这真是一个美好的家。”他很快说道。

“我们都很爱这个家。”他的妻子说着，试图安慰他。

“不过肯塔基不属于咱们，”托马斯继续说，“咱们得搬走了。”

听到这个消息，亚伯惊讶得目瞪口呆，甚至都忘了咀嚼满嘴的蜂蜜和玉米饼。他的母亲焦急地等待着下文。

在一阵令人窒息的沉默之后，托马斯说道：“这块土地是我付钱买下来的，我不觉得土地所有权有什么问题。我按时交了税，还拿到了证明文件。”他愤怒地瞪着他的妻子和孩子，就好像是他们让他如此痛苦一般。“但是现在，政府又发了一封文件给我，说我是个入侵者！我在自己的土地上住着，但是却被控告了！”

“怎么会?！”林肯太太困惑地问。

“这大概就是肯塔基州现在的世道了。要是以前，来这里的移民者可以随便挑一块他们喜欢的土地待着——莫迪凯说，我的爸爸就是那样的。那时候，土地管理局远得都不知道在哪儿呢。而现在，有个突然冒出来的家伙说咱们家的这块地是他的，他以前大概住过这里，之后八成是卷铺盖走人了，可现在却又回来了！律师说我的土地所有权没有问题，因为我付了钱，我可以打赢官司。但是我不准备这样做，因为我没有请律师的钱。”

其他三个人看着托马斯，还没明白过来这场突如其来的悲剧是怎么发生的。

亚伯打破了沉默，说：“今天我听说，在印第安纳可以直接从政府那里买到土地，两美金一英亩，不用担心所有权问题……”他的父亲说道：“土地所有权是指一份能证明你付钱购买了这片土地并拥有所有权的文件，孩子，这是很重要的。”

“我已经不想再为这事发愁了，咱们离开这个农场吧！我不想待在这里为所有权而斗争。我的哥哥约西亚也搬去了印第安纳。他能去，咱也能去。咱们搬走吧——你觉得呢，南希?”他急切地看向自己的妻子。

“你去哪里，我就去哪里，托马斯。”南希·林肯回答道，“现在，请你好好吃饭——你肯定已经累坏了。”

第三章　穿越荒凉的俄亥俄州

托马斯·林肯又去了一次镇上跟朋友们道别。之后他还得为他的印第安纳之行造一条平底船。离小屋 2.5 英里外是留名溪农场和罗灵福克市的交界处，亚伯每天都跟着父亲去那里。亚伯就快八岁了，现在已经能帮上不少忙了：拿工具、砍树枝、帮着把木头拖到河里。小船建好后，莎拉和母亲还帮着把小屋里的东西搬到船上：碗柜、耕犁、工具箱和一些其他要运走的家当。

在一个晴朗的秋天，托马斯·林肯一个人撑着船出发了。他从罗灵福克顺流而下，途经索尔特河，穿越俄亥俄州，最后到达印第安纳。直到他已经漂出了视线，母亲才带着两个孩子转身回家。大概要有很长一段时间都看不到父亲了。

对莎拉和亚伯而言，日子还是过得很快的。许多邻居都来跟他们道别——布朗菲尔德一家、格拉赫斯一家、汤普森一家、阿什克拉夫特一家等等。莎拉帮着妈妈洗了好多的衣服和床单，这样在搬家的时候这些东西就都干干净净的了；亚伯则负责采坚果、钓鱼、砍柴；林肯太太还做了一条新被子，又把她的衣服都打包了进去，再塞进一个麻布袋里。

终于有一天下午，托马斯·林肯突然出现在了家门口——他晒黑了不少，但是看上去很高兴，根本顾不上回程旅途的劳累。林肯太太赶忙给他做了一顿美味可口的饭菜，而孩子们则围着他问个不停，让他几乎没时间好好吃饭。

“是的，我已经找到住的地方了，莎拉。”他对女儿笑了笑。

“是的，这次旅行很顺利，亚伯。”

“等等，孩子们，先让你们的爸爸吃饭！”林肯太太看着他们急不可耐的样子笑了，“等他吃完再跟你们俩好好说。”

吃完饭之后，他们围在壁炉边上准备听父亲说说这次旅行的经历。亚伯把炉火烧得很旺，他很自豪地想让父亲知道他砍了好多木柴。托马斯·林肯开始叙述这段时间发生的事情。

“刚开始，在罗灵福克境内的索尔特河流域还是很顺利的，”他叙述道，“但是，一到俄亥俄州，水流突然变得很急。我的小船撞上了一个凸起来的、不知道是什么的鬼东西，然后，工具箱和碗柜都掉到河里去了。”

“你把它们弄丢了吗爸爸?!”亚伯叫了起来。林肯太太的脸色也霎时变得铁青。

“我可没有!”托马斯满不在乎地大笑了起来，“我跳下河去，把所有东西都捞上来了。我可不能丢了我的工具。”

“终于我穿过了俄亥俄州，然后在印第安纳的安德森溪附近登陆了。我把我的行李放在了一个叫弗朗西斯·波西的男人那里——他看上去是个好人——我就起身去寻找属于咱们的农场了。”

他兴致勃勃地说了一晚上，一家人也听得起劲，不停地让他讲一路上有意思的事情。他说，他从波西家出发，沿着野牛的踪迹向西北方向又走了十六英里，穿过了一片繁茂深邃的森林。终于，他看到了一座秀丽的小山，那里的树也没森林里那么浓密。

“一瞧见那里，我就知道那是属于咱们的地方。”托马斯骄傲地说，“我随身带着一把小斧头，在树上刻下了记号，又堆了些灌木丛做标记。现在咱们有一百六十英亩的土地了，南希，而且政府还延缓了咱们的付款日期。咱们现在有活儿干了，咱们得开垦荒地种玉米。那儿的树林里有许多野味，土壤也很肥沃。”

“那咱们能不能明天就出发？”亚伯恳求道。

“一切都准备好了吗，南希？”托马斯问妻子，“我还得在冬天来临之前给咱们搭个草棚子什么的。”

“我需要一天的时间准备吃的，”林肯太太提醒他道，“咱不如后天一早再出发吧。”

第二天早上，托马斯杀了一头猪，还忙着把一些必须带走的东西打包起来；林肯太太把猪肉煎熟，还做了一篮子的玉米饼；孩子们则帮忙打包行李。林肯太太有一个手柄很长的平底锅被她戏称为“蜘蛛”，这个锅很难被塞进行囊里，但是她又不愿意扔掉。无奈之下，他们只好放弃了许多本来要带的生活必需品。

在 1816 年 12 月初的一个清晨，林肯一家离开了留名溪农场。亚伯和父亲同骑一匹马，而莎拉和母亲骑着另一匹，由于行李太重，这两匹马不堪重负，于是两位大人只好下来步行——他们走了差不多一百英里的路程。到了晚上，他们就在树林里露营。

亚伯看着眼前的俄亥俄河，简直不敢相信自己的眼睛。

他长这么大还没见过像这样的河：河面上不断地有浮木、独木舟、平底船穿梭来往，一艘接着一艘好不热闹！林肯一家在汤普森渡口登上摆渡船，由此平安地进入了印第安纳。就在这个月，印第安纳成了美联邦的一个州。

1816 年，这个年轻的美国似乎正经历着一场巨变，尽管那个时候的人们觉得这一切根本难以置信。独立战争结束了，充满活力的新领导人取代了那些曾经梦想着成立美利坚共和国并制定了宪法的旧领导人。佛罗里达和路易斯安那（横跨密西西比河的大片尚未定界的土地）向那些期待一展宏图的美国东部人敞开了怀抱，成千上万的男女老少正在进行着一场史无前例的人口大迁徙。

为了能过上更好的生活，许多欧洲人来到美国以期获得更多的土地和机遇。每艘船上都被挤得满满的；一些移民先是翻山越岭，再顺流而下到达俄亥俄州来安新家。比起五大湖或者墨西哥湾，通过这条河去西部要方便许多，可以说是走了个捷径。那个时候，很少有人会想在印第安纳停留——这里的森林实在是太辽阔了，令人心生畏惧。

不是所有移民来美国的人都是出于自愿的。有些黑人被拐卖到此处，漂洋过海却成了奴隶。有些白人被绑架或是被骗到了这里，才发现自己成了“包身工”——直到卖身契到期之前，他们都必须一直为雇主干活，而且还要被迫支付到这里来的高昂“旅费”。在汤普森渡口来来往往的船只上载满了各色各样的人，亚伯觉得这条河实在是太有意思了。

托马斯·林肯去找了波西先生，他热情地招待了林肯一家，还借给了他们一辆马车以穿越森林。托马斯买了一头奶牛，波西又送给亚伯一只小狗；他帮他们把行李都装上了车，并祝他们一路顺风。

亚伯和父亲并肩而行，有时候他的小狗跑到前面去追小松鼠、负鼠、浣熊或野火鸡的时候，亚伯也会跟着一块儿跑。林肯一家从未见过这样的森林——橡树、无花果树、白橡树、山毛榉、山核桃树和胡桃树，高高地耸立着。遮天敝日的藤蔓植物在树木之间缠绕着，即便是冬天都能把整个森林遮得透不进阳光。波西曾告诫过他们森林里有许多豺狼虎豹，这让他们一路上都提心吊胆。

旅途的第三天，他们来到了鸽溪。

“最好在这里把水喝个饱。”托马斯说道，“到家之前我可不想再停下来找水。”于是他们便在这里饮够了水，又把手脚也洗了洗。

到达下一座山顶的时候，托马斯停了下来，自豪地说："这里就是咱们的新家！现在，该吃饭了！"

他们手脚麻利地把行李从马车上卸了下来，每个人都知道自己该干些什么活儿。托马斯猎到了一只野火鸡；亚伯生起了篝火；莎拉找到了一大块又扁又平的石头，把它放在火上加热；林肯太太则用从波西那儿买来的玉米面在石头上烘烤玉米饼。他们漫长的旅行终于到达了终点，每个人都松了一口气。

第二天一早，托马斯·林肯就准备动手造一个供他们临时居住的庇护所了。他计划要搭一个舒格坎普郡人经常使用的一种半面帐篷。他先是从东到西选了两棵相距大约十五英尺的树，然后在每棵树向北约十英尺处各插了一根柱子，这四根角柱之间用砍伐的小树搭接起来。再用剩余的小树做横梁，上面铺着灌木丛当作屋顶。当托马斯专攻于角柱和横梁的时候，其他人则帮忙准备灌木丛。除了屋顶上，帐篷的其中三面也要用灌木丛围起来，唯一敞开的那一面无论日夜都必须得生着火，他们要用它来取暖、做饭和赶跑野兽。在夜里，他们经常被豹子那令人胆寒的尖叫声惊醒。亚伯这辈子也忘不了那种叫声以及当时他们对可能有野兽在帐篷附近徘徊的那种恐惧。

林肯一家就这么过了大约一年，日子很是艰苦。持续不断的篝火很耗费木柴，但亚伯必须保证他们时刻都有充足的柴火可以用。从南面吹来的风会把烟和灰烬都吹进帐篷里，但是托马斯·林肯实在是没时间造一个更好一点的住所，他必须得赶在春耕之前开垦出这片土地。就在这项艰巨的任务刚刚开始的时候，他们又遇到了一个新的问题。

秋天，当托马斯从波西那里回来，一路上看到了许多干净清澈的泉水。可是现在，在自己的土地上却连一处泉水也没有。他只好在地上挖坑，储蓄起雪和雨水，然后林肯太太会将雪放到水壶里煮化；有时候孩子们也去一英里外的山泉处打水。一开始，他们还觉得比赛谁能打到更多的水是一件挺好玩的事，可是这种新鲜劲并没有持续多久，很快他们就发现每次还是少打点水比较好。

天气暖和一些的时候，他们的日子会稍微好过一点。漫山遍野都开满了花，整座森林生机盎然——有酸苹果、紫荆花、山茱萸，还有一大片淡紫色的夹竹桃。莎拉在小溪附近摘了许多金凤花、菖蒲和鸢尾花。野蔷薇和忍冬的香氛漫溢了整个森林，就好像在肯塔基时一样。到了六月，成群的苍蝇和蚊子逼得亚伯必须日日夜夜起火熏烟。

在这种艰苦的生活环境下，他们开始怀念起有丹尼斯·汉克斯陪伴和帮忙的日子，而丹尼斯不久后也就真的从肯塔基来了，大家都很高兴。这下进展可快多了。播种完成后，更多的土地也被开垦了出来。托马斯砍了许多木材，准备盖一座小房子。

1817 年，在完成了收割之后，托马斯回了趟伊丽莎白镇追回了属于他的钱款，还带回了林肯太太的叔叔和婶婶——托马斯·斯帕罗夫妇。他还顺道捎来了肯塔基的最新消息。他们在肯塔基的农场的土地所有权尚未得到解决；有许多新的移民搬到了肯塔基；亨利·克莱又进了国会还当了众议院议长，对此镇民们都引以为豪。不过，居住在森林深处的林肯一家，对于外界的新鲜事并不太关心，一些鸡毛蒜皮的家庭琐事对他们来说才更重要。

大人们加班加点争取新木屋早日完工，到时叔叔斯帕罗一家就可以住进他们的旧帐篷，直到他们自己的新家造好。莎拉和亚伯看到他们的新房子后惊呆了！这是多大的一栋房子呀！足足有 18 × 20 英尺，比他们以前住过的所有房子都大！托马斯在小屋的顶上造了一个阁楼（在墙上钉入墙钉当作梯子爬上去），亚伯和丹尼斯被安排睡在上面。壁炉十分的宽敞，木泥结构的烟囱笔直地耸立着。等空下来的时候他们还得给这栋房子铺上地板，加上窗户和门。一切都进行得有条不紊。

然而，一夜之间，一种神秘而致命的疾病在鸽溪一带蔓延开来。大家管这种病叫“牛奶中毒症①”，因为奶牛和人都很容易患上，并在染病后很快就死去。托马斯·斯帕罗和他的妻子死了；几天后，林肯太太也病了。莎拉为母亲炖了肉汤，但是她吃不下；亚伯给母亲取来了新鲜的水，但是她喝不了。恐惧笼罩着这个家庭，他们难过得连相互安慰都做不到。亚伯的喉咙里长了一个巨大的肿块，他几乎都咽不下东西。

1818 年 10 月，一个安静的下午，南希·汉克斯·林肯去世了。亚伯不知所措，就好像整个世界突然停止了一样。他的母亲死了？他一点也不明白父亲说的“死”是什么意思。

托马斯·林肯离开床边走到门外，开始锯起了那些原

① 奶牛等家畜误食了含有白蛇根毒素的蛇根马兜铃，导制中毒，人一旦食用中毒动物的奶或肉，也会中毒。

本为新家的地板所准备的木料。丹尼斯将木板磨得光滑平整，亚伯静静地削着木钉。棺材做好了之后，莎拉学着母亲的样子，把家里最好的被单在上面铺得平平整整。他们把亚伯的母亲安葬在了森林边上。那个小土丘上现在已经有三座坟了。

亚伯拉罕・林肯那时候才九岁多，他很爱他的母亲，没了她，他觉得很孤独。

第四章　新的家庭

那天之后，托马斯·林肯一直沉浸在悲痛中好久都没有说过话，这把孩子们吓坏了。他坐在壁炉边上，低着头，看起来愁肠寸断。亚伯常常晃到树林里去，一个人坐在木头上发呆想着心事。他的母亲给他读了不少圣经故事，带他认识了上帝。可现在，当他孤单单一个人的时候，“上帝”这个词对他而言好像没有任何意义。

他开始怀念一些以前并不在意的细节——母亲会对他慈爱地微笑，会做好饭菜等着他回来吃，会教他认一些新的词语。

莎拉已经快十二岁了，在母亲去世后，她尽其所能地想代替母亲打点好一些，不过总是手忙脚乱的。

“我想我可以做饭，不过妈妈做得比我好多了。”她跟亚伯和丹尼斯说，“她会说：‘现在该翻面了！别让玉米饼烤焦！’然后我俩一起哈哈大笑。可是，现在我都不知道什么时候该做什么了！”

衣服脏了，可洗衣服用的肥皂却用完了，而且溪水太冷了根本没法洗衣服。以前莎拉负责挤牛奶，母亲负责做奶酪，而现在做奶酪用的布袋子也破破烂烂得不能用了。亚伯不小心把衬衫扯坏了，莎拉知道母亲有两根很耐用的针，可她就是找不到。

到了春天，整个森林里开满了姹紫嫣红的鲜花，时常有旅人从这里走过。一位路过的牧师听说这儿有三个人死了，表示愿意留下一晚为他们做弥撒。第二天早晨，他在墓前为他们念了圣经、做了祷告。亚伯知道他的母亲喜欢这些，他必须得为她做点什么才能缓解心中的悲痛。

几星期后，安德鲁·克劳福德老师在距林肯家三英里外的地方办了所学校，莎拉和亚伯去那儿上了几天学。不过没多久那所学校又关了，克劳福德老师也走了。

到了春耕时节，托马斯·林肯强迫自己振作起来，可到了晚上孩子们缠着他讲故事的时候，他只是阴郁地坐着一言不发。这种愁云惨淡的日子持续了差不多整整一年。1819年一个秋天的早晨，他精神抖擞地起了床，莎拉看到他洗了洗头发，然后还梳理整齐。肯定是有什么事发生了，可是莎拉却不知道究竟是什么。他吃了一顿丰盛的早餐，大步流星地走过波西一家，却连打个招呼也没顾得上。

那天晚上他没有回来。第二天也没有。两个星期过去了，孩子们还是没听到任何关于他的消息。

孩子们在外面采坚果、木瓜、柿子和野葡萄吃，连餐具都不用。亚伯把玉米粒放进一个中空的树桩里，用石头碾碎，然后让莎拉烤玉米饼。丹尼斯把捉来的鹌鹑串在树枝上烤熟了吃。这几天天气很好，孩子们白天都不怎么进房间，所以根本没注意里面有多脏多乱。

父亲出门已经有一段时间了，他们也过腻了这种野营一样的生活。一个凉爽的早晨，丹尼斯听到东边似乎有什么动物的声音传来。孩子们安静了下来，竖起耳朵想听个仔细。

“有人来了。”亚伯轻轻说道。

“是爸爸吗?”莎拉问道，她想起自己还没有铺床。

“我觉得有一队人马。”丹尼斯猜测道。大部分旅人都是牵着马或者骑着马来的。

“可爸爸才没有一队人马。”亚伯说道。

他们仔细地听着动静，屏息以待。

不久，一支陌生的马队从森林里走了出来。托马斯・林肯在最前面，身后跟着一辆由两只牛拉着的顶篷马车。一位戴着帽子的女士拉着缰绳，她身后的行李箱上还坐着三个孩子和一只喵喵乱叫的小猫。当马车逐渐驶近，这几个孩子吃惊地发现托马斯穿着一身新衣服，还剪了个小镇上相当时髦的发型。他看起来很高兴。

“我给你们找了一个新妈妈！”他边喊边指了指那位坐在马车上的女士，“吁——”他冲着牛叫了一声，然后扶着那位家庭新成员下了车。

丹尼斯悄悄地溜走了，莎拉和亚伯都站在原地沉默地看着她。林肯家的孩子大概从来没有像现在这般邋遢过。这些天自由散漫惯了的他们头发没梳，脸也没洗，衣服也破破烂烂的，脚上还都是泥。这位新来的林肯太太在马车上就看到了一切，但她还是走上前来。她看得出亚伯心里很痛苦。她伸出双臂把亚伯揽在了怀里，让他脏兮兮的小脑袋贴在她漂亮的裙子上。这个温柔的动作打破了亚伯内心深处那个孤独的世界，一年多来，他终于得到了一点安慰。

两人还没来得及开口说话，一个坐在马车上的小男孩就对他母亲喊道：“妈妈！咱们能下来了吗?”

“可以了约翰。玛蒂尔达，把你弟弟弄下来！”林肯太太回答道。接着她转过身来，边走向莎拉边说道："他们是我的孩子——伊丽莎白、玛蒂尔达，还有约翰。约翰斯顿家的孩子们，过来见见莎拉和亚伯！那个站在树边上的小伙子是丹尼斯·汉克斯，是他们的表哥。咱们现在是一家人了，咱们会相处得很好的。"她说着又向小屋走去。

托马斯·林肯一直在一边看着她。突然他想起什么似的说道："我得去照料我的马队！"说着他便走开了。

"你最好先去打水。"林肯太太认真地嘱咐道。她早就瞄到了房子里乱糟糟的样子。"你们最好都去帮他，我想我会需要很多水。玛蒂尔达，把肥皂拿过来——你知道放在哪儿的。伊丽莎白，把你那条蓝色的裙子拿出来，莎拉和你的身材差不多。到时候我再给她做新的，现在就先穿你的。"她活力四射地指挥着大家动起来。说话的当口，她自己也穿上了围裙开始工作。

林肯太太用热水和肥皂把莎拉和亚伯从头到脚好好地洗了一遍。亚伯那乱蓬蓬的头发被剪得十分整齐，莎拉用毛巾把头发慢慢擦干，终于恢复了漂亮的深栗色光泽。林肯太太手里一边忙活，嘴里一边说着他们的旅行。

"你们的父亲没告诉你们他回了一趟肯塔基吗？"她略微

惊讶道，“好吧，我猜他过去一年一直都萎靡不振的。当我还是莎拉·布什的时候我就认识你们的父亲了。之后我嫁给了约翰斯顿，和他生了三个孩子。前段时间，你们的父亲正巧听一个过路的旅人说约翰斯顿去世了。所以，他决定来肯塔基和我结婚。”（亚伯回想起了那个旅人，不过他和莎拉都没想到是那个人带来的消息。）

听到屋外有动静，她踱到了门前；托马斯正在把行李从马车上搬下来。

“别动我的行李了托马斯，直到这间屋子打扫干净之前我都不会拆包行李的。首先咱们得铺地板。那儿好像有一些不错的木材，像你这么能干，铺个地板再装个门窗应该花不了多少时间。先弄地板吧，在铺完地板之前咱们就先睡帐篷了。”

没再多说什么，林肯太太忙着去做了一顿丰盛的晚餐。她和孩子们融洽地交谈，就好像一家人一样。亚伯不知道她是怎么看那个乱七八糟的小屋子的，也不知道他的父亲是怎么描述印第安纳的生活的。莎拉·布什·林肯是一个有担当的人，她希望看到在她这个好妈妈的努力下大家都被照顾得好好的。亚伯喜欢她，也尊敬她。

第二天早晨，托马斯·林肯边锯着木头铺地板边跟丹尼斯和亚伯聊着天。他说他去肯塔基收了一笔账，用这笔钱买了套衣服，还为莎拉·约翰斯顿还了一小笔债，然后他们就结婚了。她虽然没有什么钱，但是却有些很不错的嫁妆，现在都放在马车里。他们的婚姻对双方而言都是好事，而且可以一起养育他们的子女。

很快地板就铺好了，门和窗也装好了，家具也放在了该放的位置。这栋干净的小房子对莎拉和亚伯而言简直就像是宫殿一样。丹尼斯、亚伯和约翰这三个男孩睡在阁楼。在托马斯打出一间棚屋之前，女孩子们就先睡在角落里的板床上。

铜水壶现在又闪闪发亮了，晚餐桌上摇曳着烛光，饭菜也美味可口，生活又变得井井有条。亚伯也正在茁壮成长。

亚伯注意到林肯太太的书架上放着不少书，有《鲁宾逊漂流记》、《天路历程》、《辛巴达寻宝记》和《伊索寓言》等。有一天，亚伯正向往地用手指轻轻抚摸书页，被林肯太太看到后，他便慌慌张张地把书放了回去。

“随便读吧亚伯。”她温柔地说，“要是看到什么不认识的词我会教你。”当天晚上她就对丈夫建议道：“我觉得亚伯该去上学。所有的孩子最好都去上学。”

“我可不去！”丹尼斯赶忙说道，“我都已经长大了。”

托马斯告诉妻子：“莎拉和亚伯去年就去上学了，不过没去多久。”他又对丹尼斯笑笑说：“学校也需要足够多的学生才办得下去。”

“克劳福德老师教得可好了！”莎拉回忆道，“他进门叫咱起床，还跟我打招呼说‘你好呀’，就像朋友来串门那样。”她边说边有模有样地学着老师进门的样子，逗得约翰斯顿家的孩子们笑得都摔下了凳子。

“我想学阅读和写作。”亚伯说道。

“你会去的，亚伯。”林肯太太承诺道，“而且你也能读我的书。”

就在这次谈话后不久，鸽溪又来了一位新老师，孩子们都去上学了。不过那位老师只在这里停留很短的一段时间。一年多之后，亚萨·多西在离林肯家四英里左右的地方开了一所学校。林肯太太马上就让五个孩子开始了学习。

亚萨·多西是一个好老师，在他的教导下，亚伯·林肯写了一手漂亮的字，这使他终身受益。他还训练亚伯该如何在公众面前发言，他纠正他们站立时的姿势，还让他们背诵散文、诗篇以及《斯科特辩论术》的选段。《独立宣言》算得上是演讲的经典段子，亚伯也许就是在那个时候把它背诵下来的。多西用派克的教科书教孩子们学算术，对他们的拼写也抓得十分严格。

每一个周五的下午，在放学之前总有一场拼写比赛，学生们在两边的墙前面各站一排。亚伯总能拿第一，而他的竞争对手是漂亮的安·罗比。

这天下午的比赛，当轮到安的时候，多西问："'受蔑视的'（Defied）怎么拼？"

安马上答道："D-e-f——"——然后就卡住了，她吃不准下一个是什么字母。她不由自主地瞥了亚伯一眼——如果她拼不出来，那亚伯就又赢了！

亚伯看到她焦急的样子，悄悄抬起了右手，在老师看不到的地方指了指自己的眼睛。安立刻就理解了他的意思。

"i-e-d。"她得意洋洋地拼完了单词。直到比赛结束他们也没分出胜负，只好算作是平局。

不过，和其他学校一样，那所学校也很快就关闭了。但亚伯总算是逐渐地学会了阅读、写作和解一些简单的算术题。

不幸的是，他很少能找到时间去读书，亚伯对书本的热爱已经惹恼了父亲。

“你总是在读书，都不干活了！”托马斯责怪道。亚伯咧嘴笑了笑。父亲说的没错，亚伯喜欢读书和思考问题，但是不喜欢做体力活。他现在长高了，也很强壮，可以和父亲及丹尼斯一块工作了。他们已经清干净了十八英亩的土地，种了玉米、土豆和小麦；他们竖起了栅栏，挖了井（不过没挖到水），每天还要做拓荒者们必做的功课——饲养家畜、砍柴、打猎。林间的野味仍是他们肉食的主要来源。

亚伯从来都不喜欢打猎，但是他会陪父亲一起去，直到有一次他亲手射杀了一只野火鸡。当时他在房间里，走到门口时，恰好看到了一只健壮的野火鸡，他便拿起枪对它开了火。那只鸡挣扎着，发出了刺耳的鸣叫并拼命地拍动着翅膀——终于，它不动了。亚伯放下枪准备过去捡起今天的意外的收获。可是，那只鸡本该充满生命力的身体和艳丽的羽毛由于他的猎杀而沾满了血污。这使他觉得恶心。从此他再也不跟去打猎了。

把玉米送到磨坊去是亚伯唯一喜欢干的活，他每次都自告奋勇揽下这项工作。他骑着马，也不用马鞍，把装满玉米的麻布袋挂在他前面。他骑马的样子从容优雅，和他那笨拙而难看的走路姿势形成了鲜明的对比。他头戴浣熊皮帽子、身穿鹿皮衬衫和土布马裤、脚蹬一双低帮鞋配短袜子。他的马裤总是短上半截，可能是因为他长得太快了。他的鞋子总是差上几英寸，瘦得皮包骨的脚踝经常冻得发青。

在磨坊里，什么也不用干只需站着排队，这令他很开心。人们都很喜欢这个高个子的年轻人，他从来不羞羞答答，也不冒失莽撞，在这里，他交到了新的朋友。

第五章　佩特法官

19 世纪 20 年代早期，有许多新的移民者来到鸽溪这一带安家。就像林肯家一样，每家每户来到这里都得先开垦土地再围上栅栏。他们需要别人帮忙，但所有人都有自家的活计要做，所以劳动力十分稀缺。于是，高大魁梧的亚伯·林肯很自然地引起了大家的注意。有一次他在磨坊排队的时候，就有两个男人过来邀请他为他们工作。那时候他大概 14 岁，亚伯爽朗地笑着告诉那两个人说他的爸爸也需要他为家里干活儿。亚伯可实在不想再干更多的活儿了！

不过，在骑马归家的途中，他又仔细考虑了一下那两份工作。在家里工作也是工作，帮别人工作也是工作，虽然他都不喜欢，但也许和不同的人待在一块儿会更有意思吧？亚伯突然觉得这也不是什么坏事。他想，只要父亲同意，他就出去工作。

就在几天之后，附近的一个农场就来和托马斯·林肯商量，让亚伯来为他们工作。托马斯若有所思地注视着他的儿子，这孩子在不知不觉间已经长得这么大了。让他出去挣点钱也好，反正他挣来的钱也是归父亲的，这是当时的习俗。

“只要咱们这儿的播种一结束，亚伯就过去帮你。”他决定道，“下个星期一怎么样？”

于是，亚伯开始“打工”了。刚开始，他每次大概工作两到三天，把手头的活儿做完之后就回到家里帮着父亲砍树、围栅栏。帮别人伐树、劈围栏、挖井、造房子每天能挣 16 美分；杀猪、驱蛇这种他最讨厌的活儿每天则收 25 美分。

亚伯工作时总会带上自己的斧子，这把斧头的手柄用硬木制成，斧头锋利而厚实，上下还有两个斧尖。

“我好像一直都拿着斧子。”一天晚上他坐在角落里对玛蒂尔达说，“要不我干脆就抱着它睡觉吧！”

亚伯在一天天地长大，干的活儿也越来越多，也就变得愈发强壮起来。十六岁的时候，他已经六英尺四英寸高了。他抡起斧头来十分利索，砍树的时候总是会发出断裂的巨响，或是麻利地将木头一劈两半。大家听说他干活卖力技术精湛都想来雇用他。

如果亚伯工作的地方离家不远，那玛蒂尔达就会负责给他送午饭。有时候她远远地就看到亚伯在树桩附近自言自语地独自演讲。她总是会猜亚伯到底在背诵什么聊以自娱——《独立宣言》？上个礼拜日的布道？还是以赛亚书的选段？这些都是她最喜欢的。然后她就会跑过去确认自己是不是猜对了。

亚伯如此的左右逢源连带着让林肯一家人也都融进了社会，变得不那么孤僻了。养马、剥玉米、婚礼、葬礼，这一切都让邻居们变得熟络了起来。1819 年，鸽溪教堂终于建成了，每次做礼拜的时候都十分热闹。林肯先生和林肯太太都是虔诚的教徒，托马斯还为那座教堂打了窗子和门框，还有一个精致漂亮的讲道台。

1824 年春天，一个富裕的肯塔基人——詹姆斯·金特里在林肯农场往西 1.5 英里的地方买了 1000 英亩的土地。他打算在那儿造一栋房子和一个商店，便雇了亚伯来帮忙。也就是在那个时候，亚伯和金特里的儿子——艾伦成了好朋友。之后，每当金特里先生忙不过来的时候，就会让亚伯在店里当售货员。亚伯发现当售货员实在是个好差事，只要没人，他就可以稍微歇上一会儿。

金特里先生是个精明的商人，他很快就注意到人们很喜欢他的这个店员。亚伯·林肯待客友好，而且总有说不完的故事。客人们喜欢待在这儿，不知不觉间就又买了不少东西。

“等会儿！别急呀！”金特里喊道，“亚伯·林肯马上就来咯！”如果对方是初来乍到的新居客，他就会进一步解释道：“那个男孩儿总能让人无缘无故地开怀大笑！无论他说什么，只要是他说出来的就让人听着高兴！让他跟你说说布朗老头是怎么被人忽悠的把猪都给卖了！”直到亚伯下班回家，客人们才会散开。

几个月后，从万塞纳来的威廉姆·琼斯在离金特里的商店一英里处也开了一家店。他赶紧把亚伯聘了过来，只要金特里那儿一空下来，亚伯就过来给他帮忙。当售货员的期间，亚伯认识了大卫·特汉姆（他在格兰威附近有一座农场）和洛克港的约翰·皮彻律师（洛克港是位于向西南十八英里处俄亥俄河边上的一个小镇）。

亚伯发现大多数人家里都有书。特汉姆和皮彻家有很多书，一般人家里只有那么几本。亚伯总会向他们借个几天留着晚上看。他读了格雷姆肖的《美国历史》、《一千零一夜》、威姆斯的《华盛顿的一生》等等。他把书放在马裤的口袋里，只要一有空他就会看上一会儿。而这却惹恼了他的父亲。

“亚伯人呢?”托马斯·林肯总是一进屋就开始找亚伯。

“他去特汉姆那儿借书了。”林肯太太随意地答道。

“那小子!”托马斯气得跳脚，“他满脑子都是看书，根本就不知道要工作！他真是懒透了！我这还有活儿要给他干呢!”托马斯气得满脸通红，愤怒地在屋里来回踱步。

林肯太太叹了一口气。这种桥段经常发生，整个家里几乎不得安宁。不过，无论父亲如何苛责，吃晚饭时亚伯都没有表现出不快之色。

“爸爸不该这么生气。”他有些歉意地说道。

“他有他的烦恼。”林肯太太说，“今天又找了个人来挖井，不过还是没挖到水。明明附近就有个大沼泽的，真搞不明白是怎么回事。”

终于有一次，亚伯的学识帮了父亲的大忙。托马斯打算把十八英亩的土地卖给别人，买主带着合同来准备签字的时候，碰巧亚伯就在附近做活儿。

他瞄了一眼合同，温和地开口问道：“能给我也瞧瞧吗?”

托马斯不情不愿地把卖地契递给了儿子。亚伯仔仔细细地看了一遍——他的预感是对的。

“爸爸，如果你签了这份合同，你就要把你的整个农场都给他了。”林肯说道，“你是打算这么做吗?”

“你是说这个男人蒙我吗?”托马斯吼了起来。他一把夺过卖地契，把那个男人赶出了农场。从那以后，尽管他不会花钱买书也并不鼓励阅读，但是托马斯总算是默许亚伯看书了。

一场夜间的暴雨让亚伯有了自己的第一本书。

约西亚·克劳福德是新来此地的移民，他有一间小小的图书馆。由于亚伯帮过他造房子和挖水井，所以他允许亚伯借书去看。一天晚上，亚伯拿了本拉姆塞的《华盛顿的一生》回去读至深夜，然后迷迷糊糊地把书塞进了床边原木的缝隙中。第二天早上亚伯发现书页已被昨晚的狂风暴雨打湿了，他立刻就慌了。克劳福德肯定会发火的！亚伯赶紧带着这本书去见他的这位雇主。书页晾干后也许勉强还能读，可是肯定会变得皱皱巴巴、不堪入目。

“这种书别拿来给我！”克劳福德勃然大怒，“这两天你负责拉饲料来我的玉米地里，这书你就自个儿留着吧！别再让我瞧见了！”

亚伯乖乖地把饲料拉去克劳福德的农场里，等整件事风平浪静之后，他才发现其实他很高兴自己终于有了一本书。

读书、交朋友、广开视听，这些都把亚伯塑造成了一个友好的年轻人——好交朋友、满腹诗书、思维敏捷。亚伯正在慢慢地成长，就像树木年复一年地变得越来越高大。他十几岁的时光就这么平淡无奇地过去了。1825 年，一份新的工作让他来到了俄亥俄河。

亚伯·林肯当时十六岁，詹姆斯·泰勒雇他在波西码头旁的农场里做活。泰勒有一座农场，在安德森溪汇入俄亥俄河的岸边还有一家“河滨商店”。农夫和水手们都是这儿的常客。这份工作结束后，亚伯还去给其他农夫做活，之后又在泰勒的船上帮忙。他们撑杆顺流而下，带了些农产品去做买卖。亚伯喜欢这份工作：河上有汽船、平底船和木筏，上面都载满了旅客，让亚伯看得目不转睛；而且他每个月还能挣到六美元。

1827 年夏天，亚伯造了一艘小驳船在俄亥俄河靠印第安纳一边做活计。当水位太高没法徒步而行的时候，他就会将旅客摆渡过安德森溪。但是他并没有横渡俄亥俄河，因为在肯塔基那一岸做摆渡生意的迪尔兄弟可是有正规的渡船许可证的。这艘小驳船又让他认识了不少朋友，也给他带来了新的体验。

一天早晨，当亚伯在码头附近撑船的时候，一个陌生人叫住了他。

“嘿！小伙子！看到那艘汽船了吗？把我带到那儿去！”这个男人从一块漂浮的巨大原木上跳到了一艘小船上。

亚伯看到迪尔兄弟的船在对面河岸边拴着，而汽船的速度却很快，船长发信号示意船将在河道正中稍停，但不会靠岸。

“你等什么呢？”那位旅客不满地嚷嚷着，“我会付钱的！”

亚伯将船划近，那个男人和他的同伴将行李扔上了船，亚伯载着他们驶向那艘汽船。

“这是你的报酬！”亚伯的船刚开始划，那个男人就丢给了他两个五角硬币。

亚伯不敢置信地轻抚着这两枚硬币——这是一美金！他就是杀三天的猪也挣不到这么多！从此以后，亚伯就经常在渡口附近找生意，就这样挣了不少钱。

只是亚伯不知道，迪尔兄弟正谋划着要坏他的生意。他们在河道中拦住了亚伯，想找他的麻烦。

“跟我来亚伯，”约翰·迪尔说，“我可不想在家门口找麻烦。”亚伯一路跟着他，可刚一上岸，约翰的兄弟就扑到了他身上，痛骂他抢了他们的生意。亚伯一顿猛攻将对方击倒，这下那对兄弟也不敢再教训他了。

“咱可不想打架。”约翰赶紧说，“在肯塔基，咱做这门生意是有法律保护的。你跟咱去见佩特法官，他会处置你的。”

亚伯同意了，他不喜欢打架，哪怕他能打赢。法官的小木屋离这儿并不远，亚伯跟着他们去见了法官，迪尔兄弟想要法官下逮捕令把亚伯抓起来。

“可以开始官司了吗?”法官问道，“我不想等太久。”

他们都准备妥当了。约翰·迪尔说他们兄弟两个有合法的渡船许可证，可亚伯·林肯却自己将旅客载到了汽船上。

“印第安纳河湾的肯塔基航线是低水位。”迪尔补充道。

法官点点头。“现在说说你的情况吧。”他对亚伯说。

“他们说的都是真的。”亚伯承认道，“不过詹姆斯·泰勒说他们的许可证上写的是‘摆渡旅客横跨过河’，而我只是把客人送到河中央，我觉得这不算犯法。再说，法官大人，汽船可是不会等着他们横渡过去接客人的，没有客人喜欢误船。”

“让我们查查法典上怎么说的。”佩特法官从书架上拿起了一本书，翻找着适用的法律条文。迪尔兄弟留心到亚伯的辩论给法官留下了深刻的印象。“法典上写得很清楚，”法官宣判道，“迪尔兄弟你们有权利‘摆渡旅客横跨过河’，但是法律并没有禁止一个没有执照的船夫把乘客送到河中心。所以被告无罪。”

迪尔兄弟失望地离开了，亚伯·林肯留下来和法官又聊了一会儿。“我真没想到您能那么快就判断出是非对错。”亚伯说道。

“没什么好奇怪的，”法官答道，“那本书是《肯塔基法典》。每个人都应该懂得自己州的法律——这能帮人们解决不少问题。来这儿学点法律吧，孩子，这个国家的法律，说不定哪天会用得上呢。”

亚伯谢过法官后回到了自己的船上。他琢磨着泰勒的那些话，“法律”这个词一直萦绕在他的心头，仿佛有个似曾相识的声音一直在他脑海里回荡。他想起了他的妈妈和肯塔基那间舒适温馨的小木屋，他们搬到印第安纳都已经有十一个年头了，妈妈去世的那年他才九岁。

“妈妈一直希望我能受点教育。”他回忆着过去，一个不甚清晰的想法逐渐在他脑海中成形。

之后再去特汉姆那里借书的时候，他借了一本《印第安纳法规（修订本）》，他曾在书架上看到过那本书。当他把这本书吃透了后，他又向洛克港的皮彻律师借了一本法律的书来看。只要他有时间，他就一定会过河参加佩特法官的每月庭审。

不过这些事情亚伯对家里只字未提。他的父亲大概不会支持他对法律和佩特法官的兴趣的。

第六章　大开眼界

这些关于法律和历史的书激起了亚伯浓厚的兴趣，让他渴望了解这个国家的历史和现在的形势。皮彻律师带来了《路易斯维尔日报》，威廉姆·琼斯（一位来自万塞纳的商店老板）赞助了自己家乡的报纸——《西部太阳报》。亚伯经常读报，报纸上的那些名字——杰克逊、克莱、卡尔霍恩、海恩、韦伯斯特——对他而言，无比熟悉，给他留下了深刻的印象。

周围大多数邻居都忙于自家的活计，也没什么闲工夫关心鸽溪之外的世界。不过等他们的生活安定下来后，这一情况也逐渐好转，只可惜没有几个人能完整读一份报纸的。亚伯在琼斯的店里当售货员，总是有不少人去那儿买东西，然后顺便听亚伯读报纸。在 19 世纪 20 年代末期，琼斯的店只是成百上千个充当消息驿站的街角小店中的一个。熟练的印刷工人们在中西部的小镇上建起了出版社。他们报道一些当地的新闻，也发表邮差或轮船送来的长篇政治演说。这样的时政议论以前只在国会上才会有，现在在千百个街角小店里都可以听得到。

与此同时，亚伯也在四处打工。几百英里外的金特里商店、琼斯商店，东南十六英里远的泰勒商店，西南十八英里远的洛克港，还有这中间的许多农场全靠他步行。除非当天就能回来，否则父亲很少让亚伯骑马。有一次亚伯捡到了一只奄奄一息的小狗——它大概是在主人全家西迁的途中被抛弃的——在他的悉心照料下，那只小土狗又恢复了健康。从此，它总是忠心耿耿地跟着他到处跑，亚伯不用再独来独往了。不过，亚伯发现，步行和阅读是一对好搭档，这给了他充足的时间去思考。一些演讲十分的耐人寻味，年轻人得花点工夫去理解。当他反复咀嚼着每一篇演讲时，亚伯注意到，有四五个话题很是热门——演讲者们称之为“焦点”。其实这些“焦点”正是美国人民最希望解决的问题。

这一天在店里，一旁的亚伯听着人们长篇大论地讨论着国家银行的相关事宜。有些人认为每个州应该自己印自己的钱币。他们还为关税（将商品带进这个国家所需要付的税）争执不休。有些人认为应该收关税，有些人则持反对意见。

不过，亚伯的邻居里没有人为是否应该改善路面状况或修建运河而争论，大家都知道这是印第安纳目前所迫切需要的。他们并不在乎谁为这项工程付款，他们只要求快点完成。他们也不在乎西迁移民获得的土地是免费的或是需要付费的；至于奴隶制，印第安纳本来就是个自由州。不过，亚伯发现许多演讲都围绕着这几个论题，某些地方的人们肯定十分关心这些。

1828年的下半年，南印第安纳州因为政坛和国家大选而沸腾了起来。村子不断召开集会；演讲者们骑着马到处向群众游说。托马斯·林肯和丹尼斯·汉克斯把票投给了安德鲁·杰克逊。他的赫赫战功、优秀的人品以及来自卡罗莱纳的卑微出身吸引了大批的追随者。皮彻和其他一些亚伯很尊敬的人把票投给了约翰·昆西·亚当斯——亨利·克莱就在他手下做事。他们管自己叫“辉格党”——这是借鉴了早先英格兰辉格党的名字。

亚伯总是被别人问道：“你投给谁了?”但他只是笑笑没说话。他没有投票。他的雇主中有许多都是杰克逊派的人，无论支持谁，对他能有什么好处呢?

竞选活动快结束的时候，亚伯接下了一个需要出远门的工作。金特里先生打算让儿子艾伦把他们家的秋收农产品卖去新奥尔良，不过他需要一个帮手。

“让亚伯·林肯跟我一块儿去吧，”艾伦对父亲恳求道，“他很壮，也帮得上忙，我们还在一起工作过。”

于是金特里雇了亚伯一起同行，亚伯也欣然应允。艾伦和亚伯来到金特里在洛克港断崖下的码头造船载货，准备运去新奥尔良。金特里答应付给亚伯每个月八美金作为报酬，而且回来的时候还能乘汽船，于是托马斯·林肯答应让亚伯去了。这一趟旅行可以称得上是一场冒险，既辛苦又危险，满载货物的船很容易遭到海盗的抢劫，暗礁和急流会让航行变得更加艰难，晚上休息的时候贼还可能偷偷潜上船来。亚伯知道，这场河上的旅行，绝不会一帆风顺那么简单。

十一月，安德鲁·杰克逊被票选为总统。几个星期之后，艾伦他们的小船也造好了，上面载满了玉米、面粉、土豆、培根和火腿。小镇上的人们都来祝福这两个小伙子一路顺风，艾伦的妻子（就是当年亚伯拼写比赛的对手安·罗比）在断崖顶上挥着手，目送着他们下水离开。

旅途是孤独的，这个季节很少有船在水上漂。不过好在天气不错，而且孤独也有孤独的好处。他们路过海盗们的岩穴老巢的时候，发现那里简直就像是被遗弃了一样。

航行的最后一晚他们把船停靠在了一个码头边上，想睡上一觉。这几日暗流汹涌的河水已经把他们耗得筋疲力尽。夜深了，四下寂静无声，他们睡得很沉。

一只粗糙的大手抓住亚伯的肩头，使他蓦然惊醒，多年的森林生活让他养成了警觉的习惯。

“艾伦！”他喊道，“艾伦！当心！”他一把挣脱大手，再反手将那个入侵者头朝下地丢进了河里。他修长的双臂在黑暗中挥动着，他又捉住了两个小偷，把他们也扔下了船。这时，艾伦才爬起来投入搏斗。他们一把抓起身边的棍子，追着那四个小偷上了岸。

亚伯和艾伦爬回船上后，他说道：“咱们得动身了。”

“这黑灯瞎火的?”艾伦有些不赞成，“你知道水流有多危险的，亚伯。”

“我还知道他们一定是回去拿枪了！”亚伯反驳道，“他们肯定不会指望下次来的时候咱们还在睡觉的，你也看到了，他们绝对不会善罢甘休。”

亚伯解开船的缆绳，赶快将船划走。这时候他才发现他的右耳上有一道深深的伤口。虽然他做了一下紧急处理，但是那道伤口还是伴随了他一生。

第二天他们就到了新奥尔良。在艾伦忙着把船上的货物连同小船一起换成棉花、烟草和蔗糖的时候，亚伯抽空到城里四处逛逛。这座城在亚伯看来简直就像是一千零一夜里描写的那样神秘。他时而驻足仰望一座带有高高尖塔的大教堂，时而漫步于在泥地上铺成的宽阔步道，时而凝望着颜色明艳的房子和阳台，那些雕花的铁栅栏真是好看。他闻到了新鲜的水果香气，也闻到了从奴隶市场里传来的令人蹙眉的恶臭；他还听到了好几种他不曾听过的语言——法语、西班牙语、意大利语；还有船靠岸时水手们唱的歌谣。新奥尔良给亚伯带来了很大的震撼，他一直兴奋地左看右瞧，直到该回程的最后一刻。回程的路上，他在汽船的甲板上看到了更多的风景——这些风景是他在南下时低矮的小平底船中所看不到的。

亚伯好不容易到家以后，却发现父亲正心烦意乱、疲劳不堪。那位教托马斯·林肯手艺的木匠约瑟夫·汉克斯的儿子——约翰·汉克斯在亚伯出行期间来访了。他现在住在伊利诺伊，他说了许多那里有意思的事情。

“约翰说，在伊利诺伊，他们的土地上没有树，不用砍掉一片森林才能种上一点儿玉米。”托马斯·林肯告诉亚伯，“他们只要把草原上的杂草除掉就能种地了。”他盯着亚伯，想看看这个年轻人听到这件事有什么反应。

“我在汽船上也听说了那片草原的事。”亚伯告诉父亲。

“那么约翰说的事情应该就是真的了！”托马斯难以置信地叫了出来。

“我真高兴你回来了，亚伯。”林肯太太说道，“你爸爸这两天心神不宁的，天天说要搬家。”

“到处都是树，而且还没有水源，我实在烦透了。”托马斯抱怨着。不过他并没有什么实际行动。1829 年的夏天，他仍旧到处去给别人做活儿。

秋天，来往的旅人们带来了“牛奶中毒症”又盛行的传言。所有经历过 1818 年那场可怕的流行病的人都感到了恐慌。

“我决定了！”托马斯·林肯下定了决心，“咱们得搬走。”他召集了所有家庭成员，告诉大家他们准备搬去伊利诺伊。

与十年前三个约翰斯顿家的孩子和两个林肯家的孩子挤满一间小屋的情形相比，现在的家庭结构已经发生了很大的变化。死亡和婚姻使这个家庭不断在增减家庭成员。伊丽莎白·约翰斯顿和丹尼斯·汉克斯结婚了，现在他们已经有了三个孩子。年轻的莎拉·林肯嫁给了邻家的一个小伙子，不过两年后她就过世了。玛蒂尔达·约翰斯顿嫁给了丹尼斯的亲戚利瓦伊·霍尔，他们也有了两个孩子。约翰·约翰斯顿现在已经长成一个十五岁的小伙子了，亚伯·林肯这个高个子的年轻人也快二十一岁了。

“我和伊丽莎白跟你们一块儿走。”丹尼斯很快说道，“这对咱们的孩子来说也是一个更好的机会。”

“我和蒂莉[1]也跟你们走。”利瓦伊同意道。这些年轻人长谈了一夜，然后做了决定。没人问亚伯的意见，他必须跟着父亲一块儿走，就好像他还是个十四岁的孩子。

托马斯·林肯把他的土地卖给了詹姆斯·金特里，把他的家畜换成了四头公牛。男性家庭成员一起造了两辆可以运走他们所有家当的大马车。整个冬天，屋子里都嘈杂烦乱，大家忙得不亦乐乎。托马斯·林肯就像一个毛头小伙子一样，为要搬去新的地方而兴奋不已。他们找人带话给约

① 蒂莉，马蒂尔达的简称。

翰·汉克斯，让他帮忙选一个水源充足的土地。

一月份的一个早晨，一切准备工作都有序地进行着。亚伯去琼斯的店里买了点钉子，他随手拿起一份太阳报读了起来，上面刊登着南卡罗来纳州的参议员海恩的一篇关于关税和州权利的演讲。南卡罗来纳的种植园主的棉花一直卖不出去，海恩认为是关税给他们的生意带来了消极的影响。他认为，一个州应该有权力管理自己的政务。南卡罗来纳威胁要退出联邦。

几天后，丹尼尔·韦伯斯特就做出了机智的回应。韦伯斯特说，联邦政府的权力是由各个州给予的，每个州都应当支持宪法。如果有必要做出改变，也应当走法律程序，而不是威胁要脱离联邦，更何况这可能引起内战。韦伯斯特呼吁要同文共轨、动心忍性。

“你再读一遍，亚伯。”琼斯说道。于是亚伯又重读了最后一段。

“只要联邦还继续存在，美好的前景就展现在我们和下一代的眼前——先自由，后联邦（海恩语）——现在我想阐述另一种观点，一种在每个美国人心中都弥足珍贵的观点，那就是——从现在到永远，自由与联邦都是不可分割的整体！”

店里的人都赞成这种观点。亚伯冒着雪回家了，一路上脑海里不断地回响着那激动人心的字句。

1830 年三月初，林肯一家离开了鸽溪，前往伊利诺伊州。马车上被纺车、箱子、织布机、毯子、椅子、煎锅等杂七杂八的东西堆得老高。孩子和女人骑着马，男人在前面步行，轮流牵着牛带路。亚伯的小狗跟在他身边一路小跑，他肩上还扛了一个袋子，里面装满了缝衣针、大头针和纽扣之类的小玩意儿，他打算一路上把这些都卖掉（这些是他在琼斯那里干活而得的报酬）。走着走着终于看见了一栋小屋，亚伯跑上前去兜售。他总能说得头头是道，自然销量也不错。这第一笔商业投机让他赚了不少钱。

在他们横渡位于万塞纳的沃巴什河之前，亚伯看到了太阳报的出版社。那富有节奏感的机器运作声和忙碌的嘈杂声使他入迷。这简直太神奇了！

走出万塞纳几英里后，溪里的浮冰卡进了马车的轮子，男孩们必须下水托着马车过河。马车终于到达了河对岸，正当亚伯准备从蒂莉那里拿回靴子穿上的时候，亚伯才发现他的小狗在河的另一边叫个不停。

“我告诉过你们过河的时候把那只小狗高高地举起来的！”他对孩子们喊道，“咱们得回对岸去，爸爸，去把小狗接过来。”

“回去？我才不去！”托马斯·林肯反驳道，“狗算个什么东西？你得了吧！”马车又开始西行了。

亚伯难过地看了看他的小狗。溪水像冰一样的冷，他的脚都已经麻木了。可是看着那只小狗对他信赖的眼神，亚伯不忍心让它失望。

“别急，老伙计。”他平静地说道，“我来了！”

他脱了他的靴子，再次涉水而过，抱起了那只小狗，再哗啦啦地趟着冰冷的溪水回来。那只小狗舔了舔他的脸以表感激，亚伯对他笑了笑。

“下次过河的时候，你给我老老实实地待在马车上。”他对小狗警告道，有些担心自己湿乎乎的靴子里那双已经冻得没有知觉的脚。可他的语气却很柔和，小狗也似乎听懂了。

在亚伯·林肯二十一岁生日后不久，他们终于来到了这片叫作伊利诺伊的大草原。

第七章　拉特里奇大坝

托马斯·林肯很中意约翰帮他选的这块伊利诺伊中部的土地：这是桑加蒙河沿岸的一片林地和平坦的草原。林肯、霍尔和丹尼斯各自选了满意的地方安家，互相帮忙造房子。造好房子以后，亚伯又和父亲一起耕地、围栅栏，还种了十英亩的玉米。托马斯·林肯干得卖力又麻利，他坚信他们的好日子终于来了。

家里的活儿还没有做完，亚伯·林肯就要去给别人工作了。伊利诺伊很快就搬来了许多新的居民，在 1820 年至 1830 年期间，有十万多人口迁移到了这个地方。每家每户都要造房子，农夫们也需要人手帮他们耕地和围栅栏。只要一有空，亚伯就出去给别人工作。一般来说，工作期间亚伯会住在雇主那里，没有接活的时候他就回家给父亲搭把手。

现在他已经满二十一岁了，可以自己保管自己挣来的工钱了。他要求的报酬往往不是钱而是衣服。帮别人劈四百条围栏换一件土布牛仔衣，如果农夫的妻子愿意给他做一条马裤那他就给他们劈更多的围栏。大家都说亚伯工作起来是又快又好，于是一个雇主将他推荐给另一个雇主，一传十十传百。

“雇那个高个子的小伙子吧。”人们把亚伯推荐给新来的居民，“他劈起木头来就像个巨人！”

“如果有人看着他工作，那他就会干得更加卖力！”另一个人补充道。

有些人就观察得更加仔细了。“那个亚伯，他干活是为了吸引别人的注意，等他身边围满了人，他就放下斧子给大家讲起故事来了。”一个亚伯曾经的雇主说道，“不过你会情不自禁地喜欢听他讲故事的。根本无所谓他讲了什么，单是他的表达方式就让人觉得有意思。我昨天笑到肚子疼都停不下来，我自己都不知道我在笑个什么劲儿！大概只因为是亚伯说的我才笑成这样。”

亚伯把他在印第安纳森林、俄亥俄河和新奥尔良的历险编成了有趣的故事绘声绘色地讲给大家听，讲故事的时候他总是面带笑容充满激情。

这年夏末，林肯家的运势突然急转直下。伊利诺伊中部流行起了寒热病，冬天的时候一场大暴雪又冻死了许多家畜，连存粮也遭了殃。大雪在草原上积了足有五英尺厚，积雪将小屋全都埋没了。温度骤降到了零下二十度，这是人们记忆中最冷的一个冬天。亚伯接了一份大活儿，可托马斯·林肯却病了，亚伯只好待在家里照顾他。

大瓦尼克有一个横跨桑加蒙的大农场，他雇了亚伯劈三千条栅栏。亚伯本来打算每天回家住，这样可以省下伙食费，所以他建了一条独木舟用以在家里和农场来回奔波。当他的父亲刚一康复，他就乘着这条独木舟回到了瓦尼克的农场。在河道中央，他的独木舟被浮冰撞翻了，他好不容易才捞回小舟爬上了岸。等他到农舍的时候，他的双脚都已经没有知觉了。

“亚伯·林肯！你看你的脚都冻成冰块了！”瓦尼克太太打开门，看到亚伯这副模样忍不住叫了出来。“你的脚如果能保住你就该谢天谢地了！”她用雪摩擦着他的双脚，给他涂上了自制的药膏，再用绷带裹了起来。亚伯的双脚慢慢地恢复了知觉，那种血液重新开始循环的痛苦简直超出了他的忍受范围。

整整两个星期，亚伯都生活在这种创巨痛深的折磨之中。瓦尼克一家人待他很好，可是他很孤独。他想念以前的那些老朋友，也想念在琼斯小店里那些高谈阔论的日子。到了晚上，他会一个人坐上好几个小时——他背靠在椅子上，架起两只奇痒难耐又疼痛难忍的脚——他在思考自己的人生。

“如今，我都快二十二岁了。”他独自沉思，“从我种下第一粒南瓜种子开始，我的务农经验已经够我终身受益——可除此之外我还能做点什么呢？在这里我都看不到书，也见不着律师。伊利诺伊应该有很多律师，也不缺书本，可我怎么才能找到呢？好像除了干活我什么都做不了了。”

有一晚他想起了以前夏天的时候，亚伯和其他人在干活，有一个陌生人走到他们面前做政治演讲。那人讲完以后，约翰·汉克斯大声嚷嚷了起来。

“我的好兄弟能说得比他更好！”他自豪地说，“让他们瞧瞧你的本事，亚伯！”

亚伯立刻放下了斧子，站到了一个树桩上，开始演说关于改进桑加蒙河道的问题，大家都鼓掌赞成他的观点——他们听不太明白那个陌生人所说的抽象的政治概念，可是亚伯的话却很好懂。

“我喜欢做那样的演讲。”亚伯想着，“我喜欢交谈。不过像我这样一个劈栅栏的不可能靠演讲挣到生活费——这和我曾听说的不一样。”

到了早上，他意识到他的首要任务还是劈栅栏。因为在瓦尼克家白吃白住了两个星期，他现在必须得劈三千条以上的栅栏才能还清了。在亚伯工作期间，一个叫作丹顿·奥法特的男人来到瓦尼克家拜访。奥法特衣冠楚楚，说话的时候嗓门很大，满嘴的高谈阔论雄才伟略。他想雇亚伯帮他把农产品运到新奥尔良去，亚伯答应他会带着他的弟弟——十七岁的约翰·约翰斯顿一起去。

“等冰一化，你们两个小伙子就到波特兰码头来见我和约翰·汉克斯。”奥法特命令道（波特兰码头是桑加蒙靠近斯普林菲尔德小镇最近的地方）。“我会准备好一艘小船和独木舟，你们会得个好报酬的。”说完他便趾高气扬地走掉了。

亚伯劈好了瓦尼克家的栅栏就和年轻的小约翰斯顿凿了一根杨木做成了小舟，顺流而下来到了波特兰码头。可奥法特却没在那儿。他们只好又走了六公里的路来到斯普林菲尔德，最后在一个小酒馆里找到了他。他既没有准备好船也没有准备好货物。

亚伯和约翰不想放弃大好机会，于是他们提出要帮忙造船。奥法特答应每个月给他们 12 美元的报酬，并告诉他们可以在桑加蒙河边上造船。他还雇了约翰・汉克斯帮他们一起干。

亚伯・林肯自告奋勇负责做饭，这样他就能躲过一些重活累活了。现在天气暖和些了，红雀和猫鹊在出芽的柳条间飞来飞去，草原榛鸡在金凤花和紫罗兰间咯咯叫着来回穿梭。亚伯逮了不少野味，又烤了玉米团子，配上他在树桩里发现的蜂蜜一起吃简直就是人间美味。每个月有 12 美元的工钱可以拿，所以这些男孩也不急着赶活。

他们造船准备远行的消息在当地传开了，好多人聚在一起为下水做准备。辉格党和民主党来做过几次政治演讲，一个玩杂耍的人也来给大家表演助兴。

“有哪个小伙子愿意把他的帽子借给我用用的吗?”他在表演中说道。

“拿亚伯・林肯的帽子去!”一个少年喊道。那个男孩其实很羡慕亚伯戴着那种宽檐低顶的帽子（那顶后面荡着条尾巴的浣熊皮帽子在天气暖和后就没再戴了）。

亚伯犹豫了一下，不过在大家的怂恿之下，他还是抛出了他那视若珍宝的帽子。那个魔术师用亚伯的帽子煮了两个鸡蛋，然后一挥手把那顶帽子还给了亚伯。

“你瞧，你的帽子不是回来了嘛。”他嘲讽道。

“这位先生，我的迟疑是出于对您那两颗鸡蛋的尊重，而不是因为爱惜自己的帽子。”亚伯彬彬有礼地解释道。观众爆发出一阵喝彩。

第二天，小伙们往船上载满了货物，奥法特买了几大袋玉米、几桶培根和火腿、几只活猪。在最后一刻，约翰·汉克斯突然说不能和他们同行了。但奥法特还是决定出发，很快他们就绕过了河湾，来到了新塞勒姆镇附近。

两年前，詹姆斯·拉特里奇和他的外甥约翰·卡梅隆在这里用上千个装满沙砾的木条箱堆出了一道结实的水坝，还盖了一座两层楼的磨坊和锯木厂，生意十分红火。早拉特里奇大坝边的悬崖上，有一个叫作新塞勒姆的小村庄，到1831 年的春天时，这个小村子已经扩展到芝加哥那样的规模了（当时的芝加哥还只是密西西比湖迪尔伯恩堡附近的一个小村庄）。那里的居民都夸口说新塞勒姆很快会成为一个大城市。

船员们只顾着看热闹，一不小心船就撞到了水坝上，发出了一声巨响。船头高高地翘了起来，船尾进了水，逐渐开始下沉。猪凄惨地尖叫着；木桶在水里翻滚；装玉米的袋子在水里上下沉浮。这一片混乱的场景引来了村民们的驻足观看，连拉特里奇和卡梅隆都停下了磨坊里的活儿出来察看。

“离开那水坝！”拉特里奇吼道。卡梅隆示威地晃了晃他的拳头。

小男孩们滑下小土丘跑来看热闹，大一点的孩子们摇出了自己的小船前去救援。亚伯挽起马裤跳进水里，把那些叫个不停的猪放到了那些小船上。虽然货物卸掉了不少，但他们的船仍然动不了。奥法特不见了人影，亚伯只好自己凭直觉行事。

“谁能借个木螺钻给我？”亚伯向人们问道。

“亨利·奥斯托特，那个桶匠有。”一个温文尔雅的声音回答道。亚伯看到那个声音的主人是一位中等个头的尊贵绅士，和其他那些穿着土布粗服的人不同，他穿着一件白色的衬衫和一套整洁的黑色西装。他的身边跟着一位金发的姑娘，她的手里还拿着针线活。

亚伯盯着他们看了一会儿——不过现在可没这个闲工夫让他去欣赏时髦的衣服或者漂亮姑娘。那些猪还在水里惨叫！一个少年去给他拿了木螺钻，亚伯又跳进水里向船边游去了。

“他在船头钻孔！”一个男孩叫了起来。

“真是白费力气！”另一个人嘲笑道。

亚伯瞄都没往岸上瞄一眼。一个洞凿好了，他一下子跃到船上，对着约翰·约翰斯顿喊道：

“把那些桶滚到前面去！”他边说边动起手来，约翰也赶紧过去帮忙。当六个桶都被移到前方，船头向下倾斜了几英寸。

“原来如此！”那些围观的人们恍然大悟，“把它们全挪到前面去！”

船头开始缓缓地下沉，船里的积水正一点一点地从船头的那个洞中排出。船恢复了平衡，在过了这道坝之后，亚伯立刻用一个塞子把那个洞给堵住了。

“真没想到他们能平安度过。”卡梅隆说道，看着亚伯游回来归还了木螺钻，又把猪重新载到船上。当所有的麻烦都处理完了之后，奥法特才姗姗归来。他们又重新下水了。

“新塞勒姆这小地方可真不错。”奥法特语调轻快地说着，“位于斯普林菲尔德和蒙茅斯之间。小伙子们，你们瞧见那崖上平坦的土地了吗？那小镇占了个多好的地方啊！”

亚伯只是笑了笑。奥法特知道他根本没闲工夫去观光。

“那里有酒馆，有桶匠铺，还有两三个商店。我听说每到星期六有五十多匹马拴在小山坡上，都是排队等着磨面粉的。这儿需要更多的商店。我买了一块地，还付了十美金让他们帮我盖好商店。在你忙着过水坝的时候我可没闲着，亚伯。

“等我们从新奥尔良回来后，你愿意在我的店里当个店员吗？”

“这实在是太棒了。”亚伯欣然应允。

他们一路沿着伊利诺伊河，经过密西西比，最终到达新奥尔良。趁着奥法特做生意的时候，亚伯去重温了一下这座城市。他看到一个奴隶少女在拍卖台上——这种情形在这里随处可见，将他观光的心情破坏殆尽。之后他们又乘着汽船一路向北到了圣路易。在那里，奥法特雇了小约翰帮他的新商店配货。亚伯沿着百来英里的乡间小道步行回家，边走边想着该把自己的新家搬去哪里。因为他的父亲已经答应他可以独立了。

托马斯·林肯实现了他的诺言，他在往东南五十英里的科尔斯县买了一块地。亚伯帮着他们搬家、造房子、种地和围栅栏。在和父母告别后，他动身去了新塞勒姆。

亚伯一直向西穿过草原，一路上他都在为他的新工作而感到高兴。他已不再是只能为农夫打杂的毛头小子了，也不再仅仅是那个认为看书是浪费时间的男人的儿子了。他在约翰·汉克斯家待了一晚上，第二天便划着那艘一年前的独木舟出发了。接下来的旅程就轻松多了，只要沿着桑加蒙顺流而下就行了。

炎热的七月骄阳似火，在毒辣的太阳下亚伯还在思考着他的人生和前途。在新塞勒姆他也许能找到书来读。奥法特说那个穿着得体的绅士是一位教师，那个小镇里的居民也都是好人。亚伯所见到的伊利诺伊人都对自己国家的未来充满信心，他们坚信平民也能大有作为。每天都能听到他们说："美国人无所不能！"

真的无所不能吗？如果可以选，那么他会从事什么工作呢？亚伯思考着，有个念头仿佛一直都埋在他心底，若隐若现："我要当一名律师！"他想到了皮彻律师和佩特法官，突然他脑海中闪过了一个画面——那个埋在他儿时记忆中鲜明的画面。他看见自己和莎拉坐在柴火堆上，一个男人从他们眼前路过。他似乎又听到了妈妈的声音说着：“那位先生是一名律师，他通晓当地的法律。”

仿佛她的双手还搭在他的肩上，亚伯·林肯终于明白了自己的方向。他的妈妈一定会说，这是上帝的指引。

他对自己很有信心。虽然他还是不知道该做什么、该怎么去做，不过现在他知道世界上有一块地方是属于他的，总有一天他一定会到达。

第八章　科奈里绿林好汉

凡事总不能尽如人意。在亚伯对未来有了诸多美好的畅想之后，他受打击地发现奥法特的商店根本没建起来。林肯离开了奥法特，站在崖上看着他那被拴在树上的小独木舟。也许他该回到约翰·汉克斯那儿去找一份工作？可那种“这里才是他该待的地方”的感觉却是如此强烈。他沿着新塞勒姆的小道一路向西走着。

一个小屋前面挤满了人，亚伯走近一看，原来是在进行选举。在边境的小村庄里很少有人能阅读和写字，投票人得把他的选择告诉书记员，再由书记员把选票记在票数记录纸上。亚伯走上前去，瞥了一眼那些记录纸——也许他能认出一些奥法特曾提过的人的名字。

那群人盯着这个陌生人看了一会儿，其中一个人开口道：“你识字吧？”那个村民接着问道，“你会写字吗？”亚伯认出了那个人就是那天撞船时给他木螺钻的那位绅士。“我只能写一点英文。”亚伯微笑着说道。

“那你能帮帮我们吗？我叫曼托·格雷厄姆，是这个村子里的一名教师。票选还没结束呢，另一个书记员艾布拉姆·卑尔根就走了。如果你能帮我们，我们会很高兴的。”

“我可以试试看。”林肯说，“我叫亚伯·林肯，是来为丹顿·奥法特工作的。”亚伯还没来得及多说两句，就有两个人准备走过来想要投票了，亚伯挤进了桌边坐在卑尔根的位置上开始了他的工作。

投票很快结束了，可人们还是不肯离开，全都围在桌子旁，一边等着结果一边聊着政治。亚伯很感兴趣，也加入了讨论。他引用了亨利·克莱和丹尼尔·韦伯斯特的演讲，还表达了自己对于禁酒令、修路和联邦政府的一些观点。格雷厄姆感到很惊讶。这个衣衫褴褛说话粗土的外乡人竟然对公共事务有着那么深刻的认识。格雷厄姆邀请亚伯来家中共进晚餐，顺带还叫上了他年仅十八岁的表弟毕利·格林。

晚餐期间，林肯了解到格雷厄姆也是从肯塔基来的，他认识许多托马斯·林肯的朋友。他坚信新塞勒姆一定会有一个美好的未来。

“我相信这个小村庄一定会变成一座大城市。”格雷厄姆说道，“这里的河水量充足，磨坊生意也很红火。”

“我盼着奥法特的新商店也能赶紧开张！”林肯说道。

格雷厄姆很欣赏他的雄心壮志，但却对他的表达方式不敢恭维。一个念头在他脑海中逐渐形成——他想帮助这个年轻人。

“我们这儿有辩论会，”他说，“每星期举行一次，讨论的都是些当下的政治话题。如果你愿意，下星期我可以带你一块儿去，我可以推荐你成为会员。”

“实在是太谢谢你了！”林肯立刻就答应了。格雷厄姆知道他这个提议算是提对了。

那天亚伯在格雷厄姆家待到很晚，格雷厄姆给他讲了许多村民们的事情。许多人（比如从南卡罗来纳来的磨坊主拉特里奇一家）都是带着一大家子一起来到伊利诺伊州的。上次来这儿的时候亚伯见到的那个金发姑娘就是他的女儿安。拉特里奇还有一个酒馆，他是当地一位颇有影响力的人物。其他还有一些单身汉（比如从东部来到新塞勒姆的约翰·麦克尼尔）来到西部是为了挣名声和赚大钱的。有些人受过良好的教育，家里都有数量颇丰的藏书。艾伦博士毕业于达特茅斯学院，杰克·凯尔索可以算得上是一位哲学家，他对莎士比亚和彭斯的作品很有研究。还有一些人是来自远方的边境民族，就像约翰·科奈里和他的族人是从田纳西来的。亚伯·林肯很高兴能听格雷厄姆说这些。当晚他跟着毕利·格林回去了，并在他家借住了一段时间。

几天后，奥法特才带着货物来了。亚伯和奥法特在商店造起来之后就开始安排进货：有印花棉布、蔗糖、盐、咖啡、茶、帽子、五金材料，货架上被塞得满满的。商店终于开张了。

亚伯·林肯发现在这里当店员比在印第安纳更加有意思。虽然每周六他都会很忙，可是他喜欢在顾客们买完东西之后和他们聊天。平时他每天都有个把小时的空闲来看书——现在他不用走上几英里去借书了。他和杰克·凯尔索交上了朋友，杰克喜欢钓鱼、读书，对挣钱之类的事并不是很上心。所以当凯尔索太太同意让别人来家里租住的时候，亚伯就搬了过去。

每天晚上，亚伯都和杰克讨论诗歌、戏剧，还背诵他所记得的长篇文章。这些文学作品的韵律与早期他所学到的圣经一起深深地印入了他的脑海中。

这家商店开张不久后，奥法特又开始蠢蠢欲动，想去找新的机会。

“我还想买一个商店，”他夸口道，“一个磨坊或者小酒馆也行。”

“你已经有一个商店了。”桶匠奥斯托特提醒道。奥斯托特是一个保守的人。

“一个商店可拴不住我！”奥法特反驳道，“我想买一艘汽船，从这里开辟一条通往辛辛那提的航道，到时，这个镇子可就繁荣起来了！”大家都觉得他是在异想天开。

“总之，一个小店困不住我。”奥法特继续说得起劲，“我有全世界最棒的店员——亚伯·林肯！他跑得比别人快，臂力比别人大，打架比别人厉害，桑加蒙县没有人比得上他！”他骄傲地看着众人。

“是吗?!”比尔·科奈里不服气地说道，“你怎么证明?!”

小科奈里是约翰·科奈里的儿子，他们在小镇西南方向三英里处有一座农场。科奈里一家和他们身边的亲戚们都是一群高大壮实的家伙，他们自称“科奈里绿林好汉”。他们为人直率，就是有些粗鲁好斗，崇尚武力。当时他们的老大是一个叫杰克·阿姆斯特朗的人，他自己的土地就是靠打架赢来的。现在奥法特不停地在夸一个新来的小伙子，让那些男孩都感到愤愤不平。

科奈里和奥法特打赌，说杰克·阿姆斯特朗绝对会把亚伯·林肯痛揍一顿，比赛定在了下个星期六的下午。奥法特是一个极其精明的商人，他认为这场比赛能为他的店吸引更多的顾客。

等一切都定下来了亚伯才被告知要参加比赛，但他也没有推脱。

星期六那天，商店附近的地上被画了个圈当作临时赛场，两个对手这才见了面。杰克并不高，但是他的身体充满了力量，这场比赛他志在必得。亚伯很高却很瘦。比赛一开始，杰克就气势汹汹地发起了进攻，但是亚伯长长的手臂却使他几乎近不得身。杰克的火气上来了，他一脚踩在了亚伯的脚背上。

脚上的疼痛令亚伯怒火中烧，他抓起杰克的后颈，将他拎起来，像抖抹布一样将他晃来晃去，然后一把扔了出去。那些所谓的科奈里绿林好汉们一个个目瞪口呆，惊讶得一句话也说不出来。这还是他们那个英勇的老大吗？就这个被丢在地上的男人？他们愤怒地向亚伯扑了过去。

“我会把你们每个人都揍扁的——一个一个来。”亚伯背靠着墙吼道，“谁先上?”

没人敢动。

杰克·阿姆斯特朗勉强站了起来，众人看着他拖着双腿，蹒跚地挪到了亚伯身边，然后握了握胜者的手。

“他赢了，这是一场公平的比赛。”这位被打败的老大宣布。大伙儿看亚伯的眼神带上了几分尊敬。这个高个子的男人大约 180 磅，一头黑发总是乱糟糟的，又长又瘦的脸上有一双睿智的眼睛，时时刻刻都带着笑容。这时候，比尔·科奈里才想起来，亚伯就是那个将船渡过拉特里奇大坝的聪明小伙子。

“而且他还聪明绝顶。”科奈里说着伸出了自己的手——亚伯·林肯现在被尊为老大了。

在刚来新塞勒姆不久就赢得了这场比赛算得上是亚伯拉罕·林肯的人生中一件比较重要的事情。那些科奈里绿林好汉们支配着这块地方，而现在他是他们的老大。不过，当他们对亚伯开始了解后，就发现了一些奇怪的事情：他不抽烟，不喝酒，也不嚼口香糖——他只喜欢看书。这种人他们通常称之为“娘娘腔”，可像亚伯这样的拳脚显然不可能是

"娘娘腔"，于是他们便认为亚伯有他自己的想法。有时候他们觉得亚伯实在是诚实过了头，就因为一个农妇买东西的时候多付了几便士，他就走了好几英里的路给别人送回去；而且他很讲究公平竞争。

现在亚伯被大家公认为是"卫冕者"，因此总会有挑战者前来挑战——这次是一个短小精悍的小伙子。

"好啊，我会跟你打。"亚伯慨然允诺道，"你要来挑事，我就一定奉陪到底，然后把你打得落花流水。"观众发出了一阵喝彩，而这个挑战者一时哑口无言。从此以后也没人再提比赛的事情了。

尽管亚伯这个店员如此受欢迎，1832 年初，奥法特的商店还是倒闭了。亚伯又一次失业了。他之前存下了一点钱，也够付房费，所以他决定利用这段时间多看点书，静心等待着下一个机会来临。

格雷厄姆老师经常邀请亚伯晚上过来坐坐，两个人的话题总是离不开书本。有时候亚伯能在格雷厄姆家遇见安·拉特里奇。安想到杰克逊维尔的专科学院去上一年的学，她正在为此而努力学习。格雷厄姆老师对这两个有志向的年轻人很是欣赏，也很高兴能帮到他们。不过亚伯那口带有拓荒者特色的“土话”着实让他犯愁。

“在这里大家都能听得懂你讲的话。”格雷厄姆说道，“就算是在辩论会上大家也能明白你在说什么。不过，如果你想要更多的观众，那你必须改改你的口音。训练你自己说‘我不要’而不是‘俺不干’。记住，是‘为你’而不是‘替你’。如果你想要写点什么，那你就必须学习语法。”

亚伯觉得他说得很有道理，便问道：“我该怎么学语法呢？”

“我可以借给你一本语法书，”格雷厄姆说，“不过只能在晚上给你看，白天学校还要用。”他踌躇了一会儿，接着说道：“我的一个老朋友万斯那儿有一本柯卡汉姆语法书，但他住在八英里外的乡下。”

“这点儿路不算什么！”亚伯大笑着说，“谢谢你的建议。”

那天晚上他学习了格雷厄姆的语法书，第二天一早他便出发到万斯那儿去借书了。这本柯卡汉姆语法书有一定的难度，亚伯下定决心一定要学好。他一章一章地把那本书背了下来。有空的时候曼托·格雷厄姆会听他背诵，如果老师实在太忙，那毕利·格林就会拿着书听他背诵。小屋里、街道上或是篱笆的角落里，在工作结束后的黄昏他们经常见面。他的演讲水平提高了不少，不多久他的书面表达能力也超过了他的老师。

林肯经常说自己“没好好受过教育”，并为此而感到苦恼。其实他犯了一个常见的错误：人们总以为只有上学才算得上是“受教育”。林肯这一生在肯塔基和印第安纳上学的时间总共还不超过十二个月，可就在那些学校里，他掌握了学习的基本工具——阅读、写作和一些简单的算术。之后的日子里，他用这些基本工具去学那些他工作中所必须要掌握的知识。他的演讲、写作以及他毕生的事业都证明了他是一个受过良好教育的人。只要你想学，你就可以借书自学。

在商店倒闭后的那年冬天，亚伯 23 岁了，有人建议亚伯代表桑加蒙县去参选州众议员。朋友们鼓励他去参加竞选，他开始在脑海中反复地思量起这件事来。

当时，一位立法机关的候选人以书信形式写出了自己的原则声明，这份原则声明被刊登在了报纸及传单上。选民们投票是冲着某一个人，而不是某一个政党或是他们的政治纲领。当时的总统是安德鲁·杰克逊，他还准备秋季的时候再次参加竞选。大部分的拓荒者们都是“杰克逊派”的，亚伯·林肯则支持亨利·克莱。而当选民们选州众议员的时候，民族问题对他们而言并没有什么要紧。他们只会把票投给一个他们了解的、会支持有益于桑加蒙发展的法案的人。

林肯的声明信讲了当地选民十分关心的几个议题。斯普林菲尔德的报纸——桑加蒙日报在 1832 年 3 月 8 日刊登了林肯的这份声明。

在自我介绍过后，林肯写了一下目前桑加蒙县的主要需求。他写道：

> 没有任何理由反对建造铁路和运河，在这两样东西面前，什么更好的东西也都没有任何价值。唯一反对的理由就是建造铁路和运河需要花钱。而拒绝花钱的理由则是因为没有足够的钱。

林肯建议把桑加蒙河的河道修直挖深，这比修铁路的花销要少得多。接下来他又写了关于合理的利率（那些新来的拓荒者们必然要贷款，这对他们而言是个大问题），林肯还认为当地需要一所更好的学校。他结尾的段落表露了自己的真情：

每个人都有自己的远大理想，对于我而言，我最大的理想就是希望能被我的同伴们真心地尊敬，而我也会努力成为值得被他们真心尊敬的人。我不知道我还要走多远才能实现这个理想，但是我一定会继续努力。

我很年轻，大家对我也并不熟悉。我的出身卑微，一路走来也谦虚自守。我既没有钱也没有靠山，更没有人举荐。我只能寄希望于这个国家所有的独立选举人，如果能够当选，那将是我莫大的荣幸。我也会以坚持不懈的劳作作为对他们的回报。如果那些富有智慧的选民们认为我还是不要崭露头角的好，那我也会坦然面对这种懊恼和失望。

你们的朋友和同胞

A. 林肯

有这份声明支持着他，林肯决定去参加竞选。

第九章　两次竞选

看到自己的声明信被刊登在了报纸上，亚伯·林肯感到非常高兴。在他准备参加选举前，一位来自西方三十英里远的比尔兹敦的旅人带来了一个振奋人心的消息。

一位波特兰码头的磨坊主——文森特·鲍格包租了一艘汽船正向桑加蒙驶来，那艘汽船名叫“塔利斯曼号”，上面载满了从辛辛那提运来的货物。如果能打通这条商业水道，那新塞勒姆长久以来的致富梦想就要实现了！

很快鲍格和他的汽船就到了比尔兹敦，他派了人来新塞勒姆招工。这些雇员们要到桑加蒙河口去等他的船，并且还要把河面上那些可能会刮伤船身漆的树枝砍掉。亚伯·林肯也去应招了。

当塔利斯曼号驶过新塞勒姆的时候，悬崖上挤满了看热闹的村民，他们渴望一睹那金白相间、闪闪发光的大船。船上的两根烟道冒出了白烟，渺渺飘荡于草原之上，人们发出了一阵欢呼。

1832年4月5日，为了纪念这一刻，斯普林菲尔德的《桑加蒙日报》对此进行了报道，甚至还附上了一首小诗。最脍炙人口的是这么几句：

起航离开希腊的伊阿宋
多年苦寻着金羊毛
阿尔贡勇士的荣耀
至今仍被人们崇敬
如今那位来到桑加蒙的英雄
我们应对他赞美称颂
只因他乘风破浪，逾越了这道天堑
年轻的小伙子们，这难道不伟大吗？
看那汽船停泊在岸边，是多么的气势恢宏！

这批货卖了个好价钱，船长也受到了大家的盛情款待。然而过了几天，有人发现高水位开始逐渐退去，如果再不走，那艘船就回不了俄亥俄了。

鲍格雇了罗文·赫恩顿和亚伯·林肯当船员。起初一切都还算顺利，直到驶到了拉特里奇大坝的时候，他们碰到了一个大难题。这回，亚伯使尽浑身解数都不可能让这条船开过大坝了。

“我们得把你的水坝拆掉一部分。”赫恩顿喊道。

“你没资格动它！”拉特里奇吼了回去。

“你怎么敢阻碍航道通行?!”亚伯·林肯严肃地说道。拉特里奇沉默了，就算是他也是懂点法律的。看着赫恩顿和林肯费劲地拆着水坝，拉特里奇气得七窍生烟。待汽船驶过了水坝，他们又按照法律规定将坝重新修好。

新塞勒姆的村民们难过地看着这一幕。在枯水期，一艘船想要进出竟然会如此的艰难，看来桑加蒙河根本不可能成为一条商业水道。繁华落幕了，塔利斯曼号的尴尬离场也终结了新塞勒姆的都市梦。

结束船员工作后，林肯步行着回到村庄。他本以为大家肯定都个个心灰意懒，没想到所有人都在热烈地讨论着与印第安人之间的战争，政府还号召志愿者去平定纷争。

亚伯·林肯和其他二十五名来自新塞勒姆的青年应征入伍，前往里奇兰服役。大家选了林肯当上尉，他踌躇满志。这可不只是当几个小伙子的老大那么简单，而是通过选举任命他来履行对国家的职责。

他尽其所能地训练他的手下去战斗，可他们却连上战场的机会都没有。月底过后，许多人就都回去了。林肯决定延长服役。现在他已经是一名二等兵了，和一群不认识的人在一个队伍里。这一次，他依旧没有机会上阵杀敌。索克印第安人领袖——黑鹰被抓了起来，他的子民被赶出了密西西比。没多久，亚伯和他的战友就在南威斯康星退役了。那些从桑加蒙县出来的人一起结伴回家。

一路上，亚伯·林肯和一个来自斯普林菲尔德的年轻律师——约翰·T·斯图尔特熟络了起来。斯图尔特是一位受过良好教育的肯塔基贵族，于 1828 年来到了伊利诺伊。他是一名辉格党成员，比林肯大两岁，在斯普林菲尔德当律师，是那个县里一位颇有影响力的人物。和林肯一样，他也正在竞选州议会的议员。斯图尔特很喜欢亚伯，鼓励他学习法律，也鼓励他参加竞选。南下的路上，这两个年轻人成为了好朋友，亚伯发现斯图尔特有他最想要的东西——他愿意把自己的法律书借给这个新结交的朋友。

在美国史书上，黑鹰战争只不过占了轻轻的一笔，可对林肯的成长来说，这却是一次重大的事件。林肯第一次被选为上尉，又认识了一个能干的朋友而且还愿意帮助他学习法律。命运冥冥之中把他带到了新塞勒姆，这一年里，他成了当地人的领袖，学了许多知识，还找到了个愿意帮助他的律师朋友。

下一步他打算参加竞选。现在离竞选只剩不到两星期的时间了。

由于时间紧迫，亚伯决定直接呼吁选民们投票。在收割季节，人们总是聚在一起忙于当季的农活，比如买卖家畜、剥玉米等。他们喜欢在工作结束后听听政治演讲什么的。林肯第一次发言就在一个家畜交易会的附近。那天他早早地就到场了，穿着自己最好的一套衣服——剪裁成燕尾服样式的牛仔拼布外套（不过袖子和衣摆处有点短）、亚麻裤子、没有布带条装饰的草帽。他与那些人先聊了会儿，又做了竞选演说。他关于原则的陈述引起了大家的关注，他在印第安纳开荒的那些故事大家也很喜欢听。最好笑的故事是林肯说一个传教士在冗长乏味地讲经布道的时候，一只蜥蜴爬进了他的马裤里！林肯惟妙惟肖地模仿着那个传教士当时惊慌失措的模样，让大家笑得前仰后合。

这次小小的成功给林肯带来了信心，他开始游走于新塞勒姆的各地之间进行演说，在选举日前一天，他来到了斯普林菲尔德，所有的候选人要在那里开一场演讲会。

林肯落选了，在十三名竞争者里他获得了第八名。约翰·斯图尔特和其他三个人有幸当选了。虽然林肯失败了，但这次尝试却让他感到受益良多。他学会了如何在公众面前说话，还交到了不少朋友。在斯普林菲尔德的那次候选人会议上，他还认识了一个叫史蒂芬·T·洛根的杰出律师。和斯图尔特一样，洛根也是肯塔基的一名辉格党成员，并且是肯塔基州最好的律师之一。现在，在斯普林菲尔德，亚伯有两个律师朋友了。

“我干得不坏，”亚伯·林肯自我开导道，“如果时间充裕，我就能赢了。”整个新塞勒姆只有七个人没投他的票，他为此感到自豪。

竞选活动结束了，接下来他还得赚钱过日子。他去拜访了罗文·赫恩顿和他的兄弟詹姆斯·赫恩顿，这兄弟俩在新塞勒姆开了一家小店，林肯想去看看他们是不是需要雇一个店员。

“我要雇店员?”赫恩顿愤愤不平地说道，“我这儿的生意已经够差了！我只想把东西卖出去，一点儿也不想雇人！

自从航道不通了以后，这个镇就死气沉沉的。不过我们还是很欢迎你来的，没找到地方安身之前你就先住在这儿吧。”

不多久，詹姆斯·赫恩顿就把他那一半的股份卖给了威廉姆·贝瑞，罗文则把他的那份卖给了林肯。林肯暂时没钱，所以只能先欠着，但他承诺一旦有钱就会立刻还给他。现在，林肯成了林肯-贝瑞商店的一个穷光蛋店长，他有这个商店一半的股份，连他自己都感到不可思议。他现在身负几百美金的债务，不过林肯并不在意，赫恩顿也不担心，他很相信林肯的为人。

接下来的几个月里（1832 年末——1833 年初），林肯生活得很滋润。他就住在店的后面，有充足的时间看书，和邻居们相处得也很愉快。拉特里奇酒馆就在对面。安经常会来买些家用，他们一起交流看过的书，或是谈谈自己的抱负。每到周六，小店就人满为患。

这段时间，林肯经常到斯普林菲尔德去向斯图尔特和洛根借书，每次还书的时候他也会趁机讨教一番。有一次他碰巧听说镇上在举行拍卖。他一路闲逛过去，到那里的时候，正在拍卖一本布莱克斯通的《法律释义》（一本基础的法律著作），林肯毫不犹豫就将它买了下来，回去的路上就开始迫不及待地阅读，连走路都跌跌撞撞。

只可惜，粗枝大叶的比尔·贝瑞和一心只想读书的林肯没能经营好这份生意。女士们来买东西的时候只看到比尔在睡觉，林肯一头埋在托马斯·潘恩的《理性时代》里。林肯脾气很好，可对于配粒纽扣配团线之类的琐事就不大提得起兴趣。不久，那家商店倒闭了，大家并没有多惊讶。林肯二十四岁生日后不久，他又一次失业了，而且还负债累累。几个月之后，贝瑞去世了，这下亚伯得还两人份的债了。

那时候，一般人遇到这种情况就会离开这个镇子，换一个地方重新开始生活。但亚伯·林肯没有这么做，他认定了自己就应该留在新塞勒姆。

1833 年 5 月，在朋友的介绍下，林肯当上了当地的邮政局长。这份差事给了他一个容身之处，尽管收入微薄，但是他可以住在希尔的店里。那时候还没有发明邮票，都是由收信人支付邮资。一封信每三十英里收费六美分，四百英里收费二十五美分。邮政局长能拿百分之三十，其余的百分之七十则要上交。

在每周六收到邮件之后，亚伯都会朗读寄来的报纸，比如《桑加蒙日报》、《伊利诺伊州报》等，他的听众也越来越多。

接着他又交上了好运。曼托·格雷厄姆一次偶然听说由于移民实在太多，县里的测量员根本忙不过来。于是格雷厄姆举荐林肯去当个助手。

“亚伯不懂高等数学。”格雷厄姆向测量员卡尔霍恩坦白道，“不过，如果你愿意等上六个星期，我保证能把他教好。”卡尔霍恩同意了。

为了做好这份工作，亚伯又开始学习了。在格雷厄姆的帮助下，亚伯夜以继日地刻苦学习。六周后，亚伯买了指南针和测链开始工作，但他夜间还在继续深造。测量员每测量完一块土地都会拿到一份报酬，邮局的工钱加上当测量员的报酬，亚伯总算有了可观的收入，现在他不但付得起寄宿费，而且剩下的一部分还能还上债。

“别管商店的债了，”朋友们对他说，“你没必要为贝瑞还钱，他都已经死了。”

“他是我的合伙人，”林肯回答道，“我会为他还债的。”尽管花了好几年的积蓄，他还是把贝瑞剩下的债给还上了。

跟着卡尔霍恩在县城里工作的期间，亚伯·林肯又交了不少朋友。他高高瘦瘦的身形和友善的微笑总能给人留下印象。人们经常向他咨询关于契约、赋税和土地买卖的事，只要他懂，他一定是知无不言。如果刚好碰上了他不知道的问题，他也一定会去斯普林菲尔德的图书馆寻找答案。他还买了一些常用的法律表格，这样他就能帮有需要的朋友代写文件了。他干这活儿并不收费，他没有律师证也不能执业，而且他的意见也并不权威。不过他喜欢这份差事，既帮助了别人又锻炼了自己。

有时候，朋友会把马借给他骑。亚伯戴上草帽，拿着寄往村郊农场的信，顺带上模板就出发了。

“你真是个好人，亚伯！”这就是他所得到的回报。

那些充满母性光辉的家庭主妇对亚伯非常关心，其中一个说道：“亚伯，你看起来很憔悴啊。”

“亚伯正准备当律师呢！”她的丈夫说道，“他每天晚上都在学习。”

经过科奈里树林的时候，杰克·阿姆斯特朗的太太备好了丰盛的晚餐留他下来吃饭，还给他磨破的马裤打上结实的鹿皮补丁。

亚伯喜欢新塞勒姆的生活，无论走到哪里都有朋友。

1834 年夏天临近的时候，格雷厄姆对亚伯说：“下次你还得去竞选州政府的众议员。”这正好合了亚伯的意。当地的民主党人也都表示会投他的票。亚伯想听听约翰·斯图尔特的意见，于是他立刻赶往斯普林菲尔德。

“你肯定得去参加竞选，亚伯。”斯图尔特说道。

这次林肯没有写申明信，他在县城里四处游说、帮别人做农活、和朋友聊天。1834 年的秋天，亚伯拉罕·林肯代表伊利诺伊州的桑加蒙县被选为了众议员。

在一片光明的前景里，只有一件事让亚伯·林肯感到难过。他不想离开安·拉特里奇。她告诉他，她与约翰·麦克尼尔订婚了，约翰说要回东部去接他的父母，还给她写过几封信。在他走之前，他在新塞勒姆向北八英里的地方买了一座农场，还说服詹姆斯·拉特里奇住在这里帮他打理。在亚伯赢得了选举之后曾去找过安，但是安拒绝考虑解除婚约的事情，她相信她的未婚夫会回来的。不过，拉特里奇同意送她去上学，林肯欣慰地想也许他的离去算不了什么。

十二月初，州议会召集众议员开会。随着日子越来越近，林肯人生第一次开始认真地考虑自己的外表。他衣衫褴褛的样子会给他所代表的人们脸上抹黑。他仔细想了想，然后去拜访了一位农夫朋友——科尔曼·斯莫特。

“斯莫特，你投我的票了吗?”亚伯开门见山地问道。

“当然投了!”斯莫特爽朗地笑着说，“我还指望你给我们脸上增光呢!”

“我就是为这事来的。”林肯不好意思地坦白道，“我想……”他低头看了看自己那条七缝八补的马裤、脏兮兮的鞋子和破破烂烂的帽子。

“我借你两百美金吧，亚伯。”斯莫特很快提议道，“你的薪水每天有三美元，你可以晚点儿再还钱。给自己弄一套好点的衣服，配上帽子、鞋子，骑着马去万达利亚驿站坐马车，州政府会负担你的差旅费的。”

十一月，林肯穿着一身斯普林菲尔德裁缝给他量身定做的挺括西装与其他众议员一同前往伊利诺伊首府。也许他永远都没法把衣服穿得像约翰·斯图尔特那般天生优雅，但他也绝不想为他所代表的人们脸上抹黑。他下定决心一定要不辱使命，成为真正值得大家尊敬的人。

第十章　年轻的议员

车夫的铃声宣告着他们已经到达了伊利诺伊的首府——万达利亚的马车驿站。七十五英里的长途旅行整整耗费了两天一夜，乘客们现在一个个都筋疲力尽，基本是爬着出了马车。他们中有六人是来自桑加蒙县的议员，其中，高个子的约翰·斯图尔特已经是第二次来这里了，比他更高的林肯还是头一次来。

万达利亚坐落于伊利诺伊州南部的卡斯卡斯基亚河上方的一片悬崖上，拥有八百人口，是一个只有十五年历史的小镇。有两条主干道从这里穿过：一条连接了华盛顿和皮草交易中心圣路易；另一条南北向的大道连接了肯塔基和北伊利诺伊。在跟着斯图尔特去旅店的路上，林肯见识了砖砌的州政府大楼、两座大教堂、广场边上围了一圈楼房、沿着泥泞的街道边上还有一百多栋小木屋。路灯在曙光中闪烁，这座小镇正慢慢苏醒过来迎接议员们一年一度的来访。

斯图尔特非常受欢迎，许多人都来跟他打招呼，他也把林肯介绍给了朋友们。很快林肯就发现这对一个新人而言是多么的重要。

互相介绍后，有人问林肯："你是做什么工作的?"

"噢，我是一个农夫，也是一名水手。"林肯笑着回答道，"还是一个店主，也是邮政局局长和测量员。"林肯报了一长串的职称，惹得大家哈哈大笑。不过大家丝毫没有因此而看不起他。在拓荒时代，这只能说明这个人有抱负有志向，而且为了更好地生存下去愿意干一切力所能及的活儿。

晚上，一个低沉而响亮的嗓音吸引了亚伯的注意力。他转过头，看到不远处有一个矮小英俊的黑发男人被一群人团团围住。

"他是我见过的最矮的男人了。"林肯对斯图尔特说道，"他是谁?"

"他是史蒂芬·A·道格拉斯，摩根县来的。"斯图尔特轻轻地说，"他属于民主党，佛蒙特州人。他到西部来追求功名利禄，听说混得不错。"斯图尔特介绍了两人互相认识，两个人默默地在心中给对方打了分，然后一起聊州政大事直到深夜。

第二天一早举行了亚伯宣誓就职的仪式，对他来说这是一个无比神圣而庄严的时刻。这个日新月异的时代让议员们感到任重而道远，因为他们肩上所背负的是选民们的切身利益，林肯感到责无旁贷。国家和人民都迫切需要一部适应时代的公平公正的法律；百姓们需要坚挺可靠的货币做交易；政府的金库需要足够的钱以拨款修路和建学校——这些都是议员们所面临的难题。

伊利诺伊州才成立了十六年，北部三分之一的版图仍只是边境荒地。芝加哥还是一个只有木头房子的小村庄。湖上交通虽然已经兴起，但是很多人都认为如果能有一条运河把大湖和伊利诺伊河连起来的话，那就会吸引更多的移民北上来此定居。这样一来，就算是偏僻荒地也能创造财富了。这十六年间，伊利诺伊州的人口从四万五千人猛增至二十万人，每天都有新的移民来到此地。由于草原上交通不便，大部分人都喜欢沿着蜿蜒曲折的河岸安家。选民们迫切地需要新的交通道路。

林肯第一次出任众议员就为投票给他的人们争了口气。他同时兼任了三个委员会的委员，做了至少一场重要的演讲，倡议并见证了一项在盐溪（属于林肯所代表的那个县）

建造桥梁的法案的通过。

他回到新塞勒姆的那天下了很大的雪，但他的朋友们还是跑来给他接风并对他的成功表示祝贺。他给大家讲了万达利亚会议的一些幕后故事，跟大家一起分享了自己参与立法的荣耀。朋友们发现，他仍是像以前那样幽默，但已经不同于那个向斯莫特借钱买衣服的毛头小伙子了。他和以前一样的友善，但却多了几分自信。

第二天早晨，林肯又穿上了他那套旧衣服回到岗位开始工作。邮政局长和测量员都不是长久之计，可在他学习法律的日子里这两份工作至少能保证他的生活。斯图尔特为他安排了阅读课，林肯现在只想尽快取得律师资格证。

之后亚伯去看望了安·拉特里奇。她很欢迎亚伯的到来，也愿意听他谈天说地。她的未婚夫没再给她寄信了，但她仍坚持认为自己是订过婚的人。亚伯·林肯没法和她结婚，所以只要能来看看她和她做个朋友也就满足了。

不过，悲剧发生了。1835 年夏天，一场致命的疾病——脑膜炎蔓延了整个伊利诺伊州。安也不幸染病，医生下诊断说已经回天乏术了。安气若游丝地说自己想见亚伯·林肯，于是她的兄弟大卫快马加鞭地去把他接了过来。没人知道她最后和亚伯说了些什么，安的家人看到亚伯失魂落魄地从安的房里走了出来，一副恍惚迷离的模样，一言不发。

见完亚伯后安就死了。亚伯根本无法忍受失去友谊的这种悲痛——也许他失去的是爱情。他茶饭不思，夜不成寐，甚至都无心工作。一个朋友把他带到了乡下农场，那里一户好心的人家愿意照顾他直到他再次振作起来。幸运的是，这年秋天，州议会又召集了一场会议——亚伯终于能借此离开新塞勒姆了。直到那时他才重新拾回了他的勇气和志向。

这次特别会议召开得十分成功，1836年夏天在一封刊登在《桑加蒙日报》的信里，林肯宣布他将再次参加竞选。

1836年6月13日，新塞勒姆

致日报编辑：

上周六我在您的报纸上看到了一篇通讯，署名是“众选民”。在那篇通讯中，候选人们呼吁“伸出手来”。我深表同意。现在我伸出我的手！

作为一名众议员，我很荣幸能为政府分担一些责任。我认为所有为政府交税或服兵役的白人都有选举权

（绝不排除妇女）。

如果当选了，无论您曾经支持我或是反对我，我将会一视同仁地为你们服务。

作为一名众议员，我将会按照选民们的意愿来管理这个地区，只要我能知道您的想法，我必会依您的意愿行事。如果我无从得知您的意愿，那我将会依照自己的判断做出最有益于您的利益的选择。无论我是否当选，我都主张能将我们的公共土地分散地卖给其他州，从中获得的钱财可以用于开运河、造铁路而不必借款还息。

十一月的第一个星期一，我一定会投休·L·怀特一票，希望他能当上总统。

A. 林肯

谨上

这封信写得简洁明了，让所有的选民们都能看得懂。林肯知道伊利诺伊需要兴建交通，他也提出了一个切实可行的办法——出售未被占领的公共土地以筹钱支付开运河和修铁路的花销。休·L·怀特是辉格党候选人，他的竞争对手是民主党的马丁·范布伦。林肯当时所提到的妇女权利问题在当时并不是什么热门话题，这就像林肯支持禁酒令和反对奴隶制一样特立独行。

林肯以此为舞台（尽管那时候并不这么叫）参加了本地的竞选。只要有选民愿意听，他就愿意与他们交谈。大家喜欢他的诚实坦率，对他过往的表现也表示肯定，大家决定再次选他当议员。

同年（即 1836 年）夏季的一天，林肯昂首阔步地在乡村小路上走着，碰巧遇到了他的一个邻居——艾贝尔太太，她正急急忙忙地赶往驿站。

“我要去肯塔基，亚伯。”她对他说，“如果你答应当我的妹夫，我就把我的妹妹玛丽带过来！”

林肯在记忆中搜寻了一下玛丽·欧文斯这个人。三年前她曾来过新塞勒姆，在他的印象中，她是一个漂亮的姑娘。艾贝尔太太的这句玩笑话把他给逗乐了。

“我答应你的求婚。”他也开了句玩笑，然后送他的邻居上了马车。

令亚伯没想到的是，玛丽·欧文斯竟然真的来了！她变胖了，而且一点也不漂亮——这和亚伯记忆中的完全不同。他究竟把自己推入了一个什么样的尴尬境地啊！玛丽知道她姐姐的那句玩笑吗？如果她知道，那么她的到来就说明她愿意嫁给自己！或者她只是碰巧过来住几天？他应该向她求婚吗？他爱她吗？这一大堆的问题能把任何一个律师问得哑口无言。好在又到了该去万达利亚开议会的时候了，林肯总算松了一口气。

由于人口增多，这一年桑加蒙县派出了更多的议员，同行的一共有九个人。在他们上车的时候，有个人注意到这九个人都长得很高，加起来大概都超过五十四英尺了，每个人平均足有六英尺那么高。

“那是我们的九长者。”人群欢呼了起来，这个外号取得实在是太贴切了。那“九长者”成了伊利诺伊政治史上的一个亮点。他们这次的使命很明确，就是去投票给能让国家各州繁荣发展的人，并让州首府迁到斯普林菲尔德来。

关于迁首府一事已经被热议了一段时日，万达利亚的州政府大楼又小又破，必须得挑个地方重建一座。很多人还认为万达利亚实在是过于偏南，而北面则相对发展得更好一些。许多伊利诺伊州的小镇都在为此争取，希望能获得这份殊荣（以及随之而来的商业繁荣）。斯普林菲尔德位于州中心，她理应是最有资格成为首府的城镇。

由于准备进军国会，所以约翰·斯图尔特这次并没有参加竞选。因此，亚伯拉罕·林肯就成了这次辉格党的领导人了。他密切留意每一项关于铁路、桥梁和运河的议案。其实选斯普林菲尔德作为伊利诺伊州的首府对其他县而言也不会吃亏——如果斯普林菲尔德能成为州首府，那其他县镇也必然会跟着受益。凭着高超的政治手腕，林肯白天开公会，晚上开私会。“九长者”的其他人已经对此丧失了信心，但林肯总能想出新的办法，表现出惊人的智慧和耐心。

当本次议会临近尾声的时候，气氛愈发紧张了起来。似乎大家都准备在奥尔顿和杰克逊维尔之中选择其一作为首府。然而，一切都在林肯的计划之中。首府改进案已经明智地被分派到了全州的各个地区，1837 年 2 月 28 日，斯普林菲尔德被票选为伊利诺伊首府。

就在第二天，林肯收到了一封对他而言意义重大的信。信上说，他的申请已经被批准，现在他是伊利诺伊州一名拥有合法执照的律师了。那个“没受过教育”的小乡巴佬现在已经是一名律师了。

几天后，当马车到达斯普林菲尔德的时候，兴高采烈的镇民来为“九长者”接风，大家都拥戴林肯为英雄。小镇上大摆宴席，议员们进行了许多场演讲，商人们想要说服林肯搬来斯普林菲尔德。

“像你这样有能力的人不该埋没在一个小村子里。”商人约书亚·斯皮德劝说道，“这里需要你。”斯皮德的友善和微笑比他的言语更加打动人，但是林肯没有表态，他还是回到了新塞勒姆。

回到新塞勒姆，老邻居们都很热情地欢迎他的归来。不过他发现，在这么一个小村庄里他不太可能以法律谋生。玛丽·欧文斯仍然住在那里，整个冬天他们都在通信，可一见面，亚伯发现自己其实并不爱她——可她似乎很愿意和他在一起！

1831 年亚伯·林肯遵从自己的内心留在了新塞勒姆。而现在，他的内心告诉他，是时候离开了。他将行李打了包，借了一匹马骑到了斯普林菲尔德，然后直奔约书亚·斯皮德的店里。

“你这儿一张床收多少钱？”林肯以这句话作为开场白，向斯皮德打着招呼。

“17 美金吧。”斯皮德微笑着说。

林肯有些颓丧地垂下了双肩。

“你认为那很便宜，”他坦白道，“可我没那么多钱。如果你肯贷款给我，只要我的律师生意成功，我马上就会还给你的。”

“我有个更好的主意，”斯皮德说，“我有一个大房间，和一张双人床，不如你过来一起住吧。”

“你的房间在哪里?”林肯脸上有了光彩，有些激动地问道。

“就在楼上！”斯皮德笑着用拇指指了指楼上。

林肯拿起行囊，三步并作两步登上楼梯，将行李放在了斯皮德房间的地板上。半分钟之后，他喜眉笑眼地走了下来。

“斯皮德，”他说道，“我很感动。”

就在那时，店里来了客人，林肯正好趁机出去逛逛。春泥还很深，这里又没有步行道，亚伯不得不跳着走过那些泥洼。当他跳过最泥泞的那个坑洼之后，竟碰巧遇到了他的朋友威廉姆·巴特勒——桑加蒙巡回法庭的一名书记员。

“亚伯·林肯！”巴特勒叫道，一把抓住他的手臂，“你现在住在斯普林菲尔德?”

林肯点了点头，说：“我今天才来的。”

“跟我一起吃晚饭吧!”巴特勒邀请道。林肯跟着回了他家。

整整四年，他一直和约书亚·斯皮德一起住，和威廉姆·巴特勒一起吃。

就这样，亚伯拉罕·林肯搬到了斯普林菲尔德——伊利诺伊的新首府。那年他二十八岁，已经是一个持有执照的合法律师了，被认识的人们所尊敬，被朋友们所喜爱。那个“小乡巴佬”离开森林的时候才刚刚二十一岁。七年之后的现在，那个干过很多行当的“杂务工”离开了小乡村，定居在了斯普林菲尔德这个中西部最繁荣的城镇。

第十一章　斯普林菲尔德的林肯先生

从自己第一次来斯普林菲尔德寻找丹顿·奥法特到现在已经过去六年了，这个小镇发生了巨变，从一片小木屋发展成了一个有一千五百人的小镇，管辖着一片一万八千人的农场社区。1837 年，这个小镇已经有六座教堂、若干所学校、一座针对高年级学生的专科学院、两间报社、许多商店和几个小工厂了，经济条件好一些的家庭已经能住上楼房了——这个地方充满了生机。

林肯直接去找了他的朋友约翰·斯图尔特，他曾经承诺过如果亚伯来斯普林菲尔德定居，就要与他一起合办一个律师事务所。这两个年轻人——一个出身高贵，一个出身卑微——彼此很合得来，不久后，斯图尔特二楼办公室的窗户上就挂上了新招牌。《桑加蒙日报》刊登了他们的声明：

J.T. 斯图尔特与 A. 林肯，两位律师兼法律顾问将合伙开立事务所。地址位于斯普林菲尔德霍夫曼街道 4 号，法院的司法巡回办公室二楼。

1837 年 4 月 12 日

他们的办公室狭小而昏暗，装修得也不怎么样，但是位于巡回法院楼上着实是个好位置。在这里，亚伯拉罕·林肯开始了他的新职业。那个大家都叫他“亚伯”的时代已经过去了，现在他是“林肯先生”——一位有前途的斯普林菲尔德律师。

他自己也察觉到了这种微妙的变化。几天后的一个早晨，林肯用手指绕着自己蓬乱的头发，打算去修剪整齐。他看到街角那儿有一个招牌上面写着“毕利理发师”，他便起身下楼，走进了那个小店。

“早上好，林肯先生。”那个理发师欢迎道，“我能为您做点什么吗？”

“你认识我？”林肯诧异地问道，“我来剪头发。”

“我当然认识您！请坐在这儿吧先生。”那个理发师说道，“您在我最需要的时候帮助了我，我永远都不会忘记。”

林肯看着这张黝黑的脸，努力地在记忆中搜寻。毕利边帮林肯修剪蓬乱的头发，边对他说：

“我记得那应该是在 1831 年秋天的一个晚上，我在圣路易附近打猎，正准备沿着伊利诺伊河回桑加蒙。在一个小村子附近，偶然遇到了一个穿着红衬衫拿着斧子的高个子男人——那个人就是您呀，先生。那座小村庄就是新塞勒姆。”

“我想起来了！”林肯似乎很高兴，“你是海地的原住民，住在巴尔的摩，后来搬去新奥尔良了是吗？”——林肯逐渐想起来了。“但是一个自由黑人在那里生活实在太难了，所以你搬去了圣路易，是吗？”

这位要人记起自己了，威廉姆·德·弗洛维勒感到很自豪，更加卖力地剪了起来。

“您说的没错，林肯先生。您带我去了您住的那家小旅馆，给了我地方住，还向朋友们提起了我的职业。那天晚上，我可是为十几个客人理了发。第二天早晨离开的时候，我口袋里叮叮当当的都是子儿。您的仁慈让我决定在这里安家，伊利诺伊对我来说也的确是个好地方。我喜欢这里的人。这家店已经开了五年了。我听说您现在是一名律师，请问您能帮我写一份契据吗，林肯先生？”

“契据?”林肯又一次震惊了。他从来没听说过黑人买地产。

“是的先生，我存了一点钱，打算在镇上买一块地。如果您愿意给我法律事务上的帮助，那我可真是太感谢了。”

“我很愿意。”林肯答应道。

店里又来了几个人，林肯发现这里好像很热闹，价格也十分合理，他打算常来。

回到办公室后林肯立即投入了工作。斯图尔特将所有能移交的工作都移交给了他的合伙人去做，他得投入更多的时间在政治上。他打算明年去国会参加竞选，并下决心要打败民主党人——史蒂芬·A·道格拉斯。作为一个新律师，林肯不可能再要求比这更好的机会了。

工作中的法律部分对林肯来说易如反掌，可他很讨厌记账。斯图尔特经常不在，所以必须得有人记账。林肯很快想到了偷懒的办法。委托人付钱的时候，林肯把一半的钱款装进信封里，再在上面写上委托人的名字和款项总额。另一半则装进自己的口袋里。

当斯图尔特回来的时候，林肯向他说了下法庭上的工作，接着补充道:“这是你的钱，约翰。”

“钱?”斯图尔特盯着林肯递过来的信封。林肯向他解释了一下自己的做法，两个人都哈哈大笑了起来，斯图尔特也把钱放进了自己的口袋里。

在林肯刚到斯普林菲尔德的春夏两季，他还和玛丽·欧文斯保持通信联系，不过他们的“罗曼史”毫无进展。林肯从来没有问过那个最关键的问题，她没有什么理由说“好”或者“不好”。最后，林肯还是决定求婚——玛丽立刻回绝了他。林肯曾经百般烦恼，但却没想到她会回绝得如此坚决果断，不过，这个尴尬的局面也总算是有了个结果。对他而言斯普林菲尔德更有吸引力。

“青年学会”是一个很受欢迎的辩论社，林肯受邀加入。他写信和写文章向斯普林菲尔德的报纸投稿，有时候会署上捏造出来的怪名字自娱自乐。他文风简洁明了，下笔单刀直入，有时候甚至连讥带讽。如果当年他没有对法律和政治产生兴趣的话，那他也许会作为一名作家而名扬天下。

不过，动荡时期的政治总是很吸引人的，他决定再次参加州议会的竞选。他以前的光辉事迹和在报纸上发表的文章令他的名字妇孺皆知，现在他有一个庞大的观众群体了。

这一年，两个政党都举行了助选活动，高雅的泰勒上校是民主党的一位演讲者，他演讲的主题是“劳动人民的双手”，演讲中还对辉格党做出了诋毁性的发言，说对方是“贵族的辉格党”。

“我要让那家伙付出代价。”林肯怒火中烧。他缓步走到上校身边，一把扯开了他的背心。

衣服裂了开来，露出了里面昂贵的打褶衬衫和金光闪闪的表链，上面还缀着许多珠宝和金印。观众一片哗然。泰勒焦急地趴在地上捡扣子。几分钟之后，林肯上台开始了演讲。

“当泰勒上校指控辉格党是个贵族党的时候，自己却坐着豪华的马车、穿着打褶的衬衫、戴着小山羊皮的手套、挂着沉重大金印表链、拄着沉甸甸的金头手杖。我是一个穷孩子，曾在平底船上工作，每个月只拿八美元工钱，只有唯一的一条鹿皮马裤。如果各位对鹿皮有所了解的话就该知道，把它弄湿再在太阳底下晒干的话它是会缩水的。我的马裤越穿越小，小到裤脚管和袜子之间有一截一直暴露在外。与此同时我还在长高，裤子越来越短越来越紧，紧到在我的腿上留下了许多青色的压痕到现在都还可以看得到。如果你们认为这就是贵族的话，那我心甘情愿地服罪。”观众们听了唏嘘不已。

有一次助选活动就在斯图尔特和林肯的办公室楼下的法庭举行。那位演讲者说了些不太受欢迎的观点，斯普林菲尔德报的一位编辑感到很愤怒。

“把他拉下去!”那位编辑吼道，向前推开人群想挤过去。

那一瞬间，观众们吃惊地看到有一双长腿从天花板上出现了。一秒钟之后，林肯那高大的身影砰的一声从天窗落到了舞台上。他打了个手势示意大家噤声，可是骚动不但没有停止反而愈演愈烈。他走到演讲者的桌子边，随手拿起了一个沉重的水罐，示威地摆了摆。

“静一静，绅士们!”他大声说道。他那高亢而富有穿透力的嗓音让全场安静了下来。“这里是可以自由发表演讲的地方，贝克先生有权利发言，你们也有义务倾听。我会在这儿保护他，只要我能阻止，我不会让任何人把他赶下这个舞台。”

观众被震撼得哑口无言，贝克完成了他的演讲。就像林肯刚才说的那样，言论自由的权利是由国会授予的，不过人们却没什么耐心去听与他们政见不同的发言。当一位演讲者说了什么不受欢迎的话，观众会发出嘘声或者喝倒彩，有时候甚至会扔石头。亚伯拉罕·林肯也许是第一个教导人们要倾听两种不同政见的公众人物之一。

1838 年夏天，林肯再次入选州议员，他在党内的领导威信也稳固了。尽管这个州是民主党占主流，但林肯还是常被选为州政府的发言人。

1840 年，他再次当选，并在斯普林菲尔德的新州政府大楼里有了自己的一席之地。支持他的小镇居民们总是自豪地谈起林肯，并认为他的前途肯定是一片光明。

第十二章　国会议员林肯

约翰·斯图尔特入选了国会，林肯为他感到骄傲，同时又惋惜他的搭档每年中有一大半时间都不能待在斯普林菲尔德。林肯谦虚地认为凭自己的能力没法独自打理好这个事务所，于是，在 1841 年 4 月，这两个好朋友决定结束合作关系。

不久后，林肯和史蒂芬·T·洛根合伙又开了一家事务所。林肯很了解洛根，他知道这是一个性格严谨、举止有度、沉默寡言的苏格兰人。不过洛根很精通法律。整整三年，林肯都做好记录、抄写文件，把房间整理得整洁有序，坐姿也笔直端正。他并不假装自己有多喜欢这种历练，可是他喜欢通过历练所教会他的东西。

工作之余，林肯在这里的业余生活非常精彩。这座首府之城有着丰富多彩的社交派对。由于路程漫长又花销甚大，所以议员们会在整个议会期间滞留在斯普林菲尔德，随同而来的还有他们的妻子和漂亮的女儿。弗吉尼亚和肯塔基的漂亮姑娘们都想方设法能参加这里的社交派对，穿上她们最漂亮的裙子，期待着能遇上属于自己的白马王子。

玛丽·托德也是其中之一，她是肯塔基一位绅士的女儿，斯普林菲尔德有名的少妇妮妮安·W·爱德华兹的妹妹。亚伯拉罕·林肯被她深深地吸引了。玛丽·托德身材娇小性格活泼，有一双闪着动人光芒的黑眼睛，举止落落大方。她那身迷人的白色网纱裙用黑天鹅绒的腰带系着，脖子上还戴着黑天鹅绒的围颈带。在她姐姐的社交派对上，她总是成为人们钦慕的焦点。玛丽·托德才思敏慧、聪明伶俐，同时又拥有一双明亮的大眼睛和醉人的笑容。有成群的年轻男性都希望与她为伴，并劝她在这里多待一阵子。

林肯也频繁地向她献殷勤，玛丽·托德似乎也很喜欢他——为什么不呢？他是一名杰出的政治家，一位著名的律师，一个将来注定会获得成功的男人。她亲眼所见他是一位友善、机智、受人钦佩的人。1840 年夏天，他们订婚了。但就在当年圣诞节过后，他们的婚约被解除了。玛丽·托德趾高气扬，没有做出任何解释。林肯感到非常沮丧，几乎都没法投入工作了。约书亚·斯皮德（他已经把店铺卖掉回到了肯塔基）决定要为他的朋友做点什么。

“去我的老家待几天吧，亚伯。”他坚定地说，“家庭的关怀会让你觉得好过一点儿。”

于是林肯起身去了法明顿，斯皮德在路易斯维尔附近有一座美丽的田园农场。斯皮德太太每天给他做饭，像母亲一般照顾他。约书亚的姐妹，玛丽·斯皮德每天陪着亚伯散步、看书、逗他开心。他的精神和身体健康逐渐好转了，终于又能重新投入工作中了。

从路易斯维尔到圣路易的这一段回程路上得乘坐黎巴嫩号江轮。站在上层甲板上，林肯向下俯瞰到一群奴隶被锁链拴在一起。这个场景让他觉得很难过。他给玛丽·斯皮德写了信，告诉她他对奴隶制十分反感，他没法忘记那个可憎的画面。

在伊利诺伊州，奴隶制并不是个问题。伊利诺伊州属于美国西北地区，法律早在 1787 年就明确规定了奴隶制不合法。在伊利诺伊州北部，有大量的东部人从五大湖移民来此，他们希望能废除奴隶制；在南部地区，大部分人都来自蓄奴州，他们早就对奴隶制习以为常，有些人即使搬迁到了北部，还对奴隶制念念不忘。伊利诺伊的政治家们将奴隶制置于政治之外，这也并不奇怪，因为新的移民者们都要忙自己的事情。在他政治生涯的早期，林肯就曾表过态，他认为奴隶制是一种罪恶，不过他也并不认为废除奴隶制就能解决这种问题。而现在，在船上看到的悲哀场景在他脑中萦萦缭绕久不散去，他开始仔细地思量该如何结束这种歧视性的奴役制度。

回到斯普林菲尔德后，林肯投入了法律工作中，他下决心不再去想玛丽·托德了。可他始终坐立不安、闷闷不乐。一段时间后，一个朋友将这对恋人重新撮合到了一起，他们终于冰释前嫌，不但重归于好而且又立下了婚约。

1842 年 11 月，他们结婚了。婚礼并不盛大，他们甚至没有去蜜月旅行，因为这时候林肯依然很穷，身上背负着不少旧债。他和玛丽直接搬去了斯普林菲尔德广场附近的地球仪酒馆，在那里住了一段时间。公共马车驿站就在这个小酒馆的底楼，只要马车一到，铃声就会响起，招呼侍者牵来新马。

不过玛丽并不介意这份嘈杂与喧闹，她喜欢成为中心人物。她对丈夫的工作也非常感兴趣。她每每读完书都会告诉丈夫自己的想法，她招待客人并对丈夫的事业褒奖有加。

林肯已决定不再参加州政府的竞选了。他认为他长期为政府和人民工作理应得到提拔。而且，斯图尔特也不打算再参加竞选了，林肯期待着自己也许能被提名进入国会。

可令他感到羞辱的是，他的确入选了，可却是作为地区大会的代表，而且他还被授意要投票给他的好友——爱德华·贝克。这简直就是命运和他开的一个玩笑！

“我觉得这简直就像是一个被请来当伴郎的家伙一脚把正牌的新郎踹走然后自己娶了那个新娘！”他气愤地对朋友说。

1844 年，尽管他自己没有参加竞选，但他游历了伊利诺伊和南印第安纳，发表演说支持辉格党。他在洛克港发表了演讲，并见到了许多老朋友。两年后林肯打败了一位热门的候选人——彼得·卡特莱特牧师入选了国会。不过，这份迟来的荣耀以及随时可能与墨西哥开战的威胁，让胜利的喜悦荡然无存。

与此同时，林肯的个人生活倒是很顺心，事业也获得了成功。1844 年，他离开了洛根的事务所，邀请了年轻的威廉·赫恩顿（新塞勒姆的罗文·赫恩顿的堂兄弟）一起开了一家新的事务所——“林肯 & 赫恩顿”。毕利 · 赫恩顿还很年轻，受过良好的教育，人很聪明，对林肯也很忠诚。更重要的是，他会将林肯最讨厌的那些琐碎的事情全都替他做了。他们的事业蒸蒸日上。林肯的旧债终于还清了，现在他正在一步步迈向成功。

当他们住在地球仪酒馆的时候，林肯的第一个儿子——罗伯特 · 托德出生了。不久后，林肯就在杰克逊大街和第八大街的转角处买了一栋带阁楼的漂亮房子。在他们的新家，林肯的第二个儿子爱德华 · 贝克（以他朋友的名字命名）诞生了。

1847 年的深秋，林肯一家离开了他们在杰克逊大街的家，前往华盛顿。

很快，他们发现首都是一座同时容纳了美丽与肮脏的城市。白宫是一座庄严宏伟的宅邸，宾夕法尼亚大道上有一条漂亮时髦的人行漫步道，尚未完工的国会大厦总有一天也会熠熠生辉。可在其他地方，人们必须得看一步走一步以避开泥泞和灰尘。猪、鹅、鸡满大街乱窜，在扔出来的垃圾里寻找食物。它们用脏兮兮的身体蹭过女士们精致的丝绸裙子，不过很快就会被小姐们用阳伞厌恶地戳走。

几座教堂高耸入云的尖顶足以吸引人们的眼球，而道旁几家精致的沙龙和豪华的赌场更是让人目不暇接。一群戴着手铐脚镣的奴隶拖着脚前行，国会大厦附近一家开放式的奴隶市场令人生厌。林肯本想来华盛顿施展抱负，可这座城市却让他大失所望。好在他们回寄宿公寓的路上，一群小男孩天真的童言逗得他们开怀一笑。

林肯太太对于华盛顿的社交界期待很高。可她发现波尔克总统既不潇洒时髦也不高贵优雅，这里基本上就没什么正式的社交活动。更糟糕的是，她的丈夫还卷入了一场关于墨西哥战争的不愉快的争论之中。

这场战争的起因是由于路易斯安那购地案。美国买了大片土地却没有经过测量，没人知道分界线到底应该定在格兰德河还是纽埃西斯河。在 1848 年 1 月的国会举行之前，林肯只是对此事进行了简单的陈述。

“关于那块现在正处于争议的地区（德克萨斯），1803 年我们从法国人手里买下了它，1819 年又将其卖给了西班牙……在此之后，全墨西哥，包括德克萨斯，都对西班牙发起了独立战争。再后来，德克萨斯又对墨西哥发起了独立战争。”亚伯拉罕·林肯对他的国家的历史谙熟于心。

尽管期间经历了如此多的变故，但德克萨斯的边界线却从来没有划清过，因为根本就没人住在那儿。直到从北部而来的人们在那里定居和做生意之后，他们才进而提出要求，让美国政府承认德克萨斯是一个州。此时，确立边界线就变得重要了起来。墨西哥和美国都派军队进入了两条河之间，总统正式宣战。

战斗打响于林肯被提名为国会议员之后，结束于他将要获得席位之时（1847 年 12 月）。可美国士兵并没有撤回，因为两国政府还没有签署和平协议，而且国会还必须得投钱以结束这次事件。这就是林肯正在做的事。

然而，当他被要求支持一项关于申明“总统有权力宣战”的决议的时候，他并没有立刻表态。他更正道，是国会有权力宣战，而不是总统，如果一个人，哪怕他是总统，有权力发动战争，那和以前那些独揽大权的国王又有什么不同呢?

他还很关注国家是否在南部获得了更多的土地——甚至更多奴隶。

“请指给我看墨西哥侵略的地点。”林肯说道。

政敌们将他的话语曲解成了他不支持美国士兵。他们嘲笑他是“瑕疵林肯（Spotty Lincoln）”。许多伊利诺伊的报纸甚至不刊登他的演讲内容，也拒绝发表他为自己辩解的声明信。可最让他难过的是，他的合伙人、他的密友——毕利·赫恩顿竟然也反对他！这实在是令人难以忍受。

在写给赫恩顿的一封长信中，林肯解释了他关于战争的想法：“我用我的生命做赌注，如果你站在我的立场上你也会这么做的。如果你明知那是谎言，你还会投票吗？我知道你肯定不会。”另外，“关于战争的正义性这个直接的问题，没有人能够保持沉默。你被迫要发言，你只有两个选择：说实话或者说谎。”对于想知道真相的人而言，林肯无疑是“诚实的林肯”。

林肯坚持自己的观点，这让他在华盛顿和伊利诺伊的政治前途受到了阻碍。他的妻子感到十分痛苦。夏天，她带着孩子们回肯塔基的娘家住了很长一段时间。她走了以后，林肯先生和林肯太太两人一直在和对方通信。他们在信里谈自己和孩子们的情况，以及相爱的男女之间的一些体己话。有一部分信件非常珍贵，他们将之保留了下来。

在国会的那段日子也并不是一败涂地。林肯先生做了几场精彩的演讲，拓宽了朋友圈子，也获得了一些宝贵的经验。他参加了辉格党大会，在墨西哥战争中一战成名的将军——扎卡里·泰勒被提名为总统，林肯在新英格兰为他助选。林肯没有再参加国会的竞选。

当林肯再次回到斯普林菲尔德，没有受到人们的欢迎。伊利诺伊的辉格党认为他做的事情有损党派的荣誉，因此终止了他的政治生涯。之前他和妻子还做着美梦，认为自己一定能爬上高位，而现在所发生的一切着实让人难以接受。

当他靠在办公室破旧的椅子上的时候，他想过那个在1831年7月从桑加蒙顺流而下的亚伯·林肯吗？那个男孩肯定会认为今天的这个男人是成功的。他是一名成功的律师，有一位挚爱的妻子和两个可爱的儿子。可是，在这十九年间，他的梦想悄悄地发生了改变。雄心勃勃的亚伯拉罕·林肯现在的目标可不只是要当一名好律师，可他并不清楚自己的路在哪里。

“现在我最应该做的事情，”他对自己说，“就是再也不从政，好好当我的律师。”

第十三章　巡回审判

住过华盛顿拥挤的寄宿公寓之后，他们位于杰克逊大街上的家看起来就分外美好。鲍勃和埃迪出去找小朋友玩儿去了；邻居们都来拜访林肯太太，跟她聊新闻和时尚；林肯先生则还是去他的办公室上班。

林肯和赫恩顿的办公室现在乱七八糟的，毕利·赫恩顿已经被林肯同化得差不多同样不修边幅了。虽然他们在政治上的观点不同，但事务所的合作还是很愉快的。林肯现在已经四十岁了——他管他的合伙人叫“毕利”；赫恩顿今年三十一岁——他管他的大股东叫“林肯先生”。他们的事业蒸蒸日上。把案子交给一个在国会工作过的人，会让委托人觉得自己高人一等。政见上的分歧在法庭上算不得什么。林肯路子广、熟人多，总有不少委托人从远方慕名而来。现在，他同时为第八巡回法庭和桑加蒙县工作。

巡回法庭是为那些居住在人烟稀少的偏远地区的居民

们所设立的。大部分拓荒者们的争端无非是分界线、遗嘱或是债务问题等事情，可以等法官每年春、秋两季巡游到此时解决。法官从一个社区到下一个社区，这种方式被称作“巡回”，做这份工作的法官也被称为“巡回法庭法官”。那些地方没有铁路，法官必须骑马或者驾一辆双轮单座轻马车前往。这种巡回旅行被称为“巡回审判”，通常会有一到两个律师跟随他。如果是很重要的案子，那么律师会被提前雇佣，以便能在斯普林菲尔德查阅相关的资料。

大卫·戴维斯法官正驾着一辆双轮单座轻马车在斯普林菲尔德做巡回审判。他的身形又高又大体重超过三百磅，但林肯还是会仗着骨架子细和他挤一挤（尽管独自骑马也许更舒服些）。晚上他们就一起住在条件很差的小旅馆里，或留宿朋友家。下雨、寒冷、伙食差、经常连续几个小时都在草原上颠簸，这些恶劣的条件让这份工作变得更加艰难。不过林肯不怕吃苦，他喜欢和人们待在一起。巡回审判期间，赫恩顿就留在斯普林菲尔德继续工作。

与二十年前林肯一家搬到伊利诺伊时相比，如今的农场生活已经发生了很大的改变。现在，一些农民已经住进了楼房，也不再养牛而开始养马了。许多人都用上了钢制犁或是芝加哥麦考密克工厂生产的收割机。

法院巡回周简直就像赶集一样热闹。人们安排好自己的工作以便能去镇里看热闹。要是知道有案子要审讯，那邻镇的人一定会带上一家老小到这儿来走亲戚——当然，那也得有亲戚在这儿，而且他们还得雇某个人待在家里照顾家畜。戴维斯法官的马车一停到法院门口，人们就立刻冲了过来，争先恐后地聘请律师或是和法官谈话。

林肯跟随巡回审判的这些年中所处理过的一个比较有名的案件，就是为达夫·阿姆斯特朗涉嫌谋杀梅兹可案做辩护。达夫是杰克·阿姆斯特朗的儿子，当年林肯和杰克在新塞勒姆打架的时候，杰克还是“科奈里绿林好汉”的老大，他的妻子汉娜就是那个帮林肯补裤子的女人（林肯的裤子在测量土地的时候被荆棘刮破了）。梅兹可是在夏天前的教堂野营集会期间被杀（或是死亡）的。这件事据说是这样的：詹姆士·诺里斯用根棍子打了梅兹可的头部，然后达夫·阿姆斯特朗用弹弓结束了他的生命。诺里斯已经被审讯过，并被宣告有罪——他被判有罪的证据基本上都来自一个叫作查尔斯·艾伦的人的证词，他声称自己目击了全部过程。

林肯觉得这套说辞毫无可取之处，而且他也相信达夫是清白的。可这的确是个棘手的案件，诺里斯的有罪判决让事态更是雪上加霜。阿姆斯特朗一家都快急疯了，他们唯一的安慰就是亚伯·林肯答应接下这件案子。不过林肯也没给他们打什么包票，只不过对汉娜说了些宽慰的话。

审讯开始的时候，细心的观察者们发现林肯在争取年轻的陪审团的支持。

“我敢打赌，他肯定是认为年轻人更能理解达夫现在的困境。”一个男人轻声说道。

轮到查尔斯·艾伦站上证人席了，他把那套将诺里斯定罪的说辞又说了一遍。汉娜紧张地注视着林肯。他安静地坐着，眼睛向上望着天花板。她都怀疑他有没有在听！

下午，轮到他盘问目击者的时候，他只是问了一大堆琐碎的问题，汉娜快要绝望了，她握紧的双手指节泛白。亚伯为什么不在事情变得无可挽回之前做点什么呢？等等！她突然改变了看法，她发现林肯提问的速度变得越来越快了。

“你真的看见那场打斗了吗？”

“是的，先生。”艾伦回答得很坚定。

“那时候你在什么地方？”

“不是很远——我猜大概离他们有一百五十英尺。”

“说说凶器。”

艾伦详尽地描述了达夫拿着的弹弓。

“那时候几点?”林肯状似随意地问道。

“午夜之前，大概是十一点吧。”

林肯停顿了一下，斜眯着一只眼睛探寻似地盯着他，“这么晚的时候，你是怎么能看得到那么远的?”

“那天月亮很亮，是满月。高高挂在天上，照得像白天一样。”

林肯利落地转身朝治安官走去。

“请递给我那本书——就是那本，在那儿。”林肯指着那本和其他文件一起放在桌子上的平装小书。他缓缓地将书打开。在附近的人从封面看出来那是一本天文年历。林肯不紧不慢，以便离他比较近的人能看见他所读的书页上的内容。那个所谓的发生谋杀案的夜晚，月亮是上弦月，早在午夜之前就落了下去。

众人惊得一句话都说不出。这个道理是如此简单——可根本没有人想到过。汉娜激动得满脸通红，她第一次看到了希望。

这场官司还没结束，不过随着艾伦被证实为说谎，达夫现在也总算有了一线希望。接下来，林肯又证明了这把法庭上所展示的弹弓根本就不是达夫的东西。在那个所谓谋杀案发生的夜晚，这把弹弓其实在另一个人的口袋里。

最后，轮到林肯向陪审团做总结陈词了。当他站起来准备发言的时候，人满为患的法庭里立刻变得鸦雀无声。坐着的时候，林肯看起来也没有很高大，但是当他站起来以后，他要比房间里所有的人都高出一截。他脱下外套和背心，把它们挂在椅子上。房间里很安静，反衬得外面的狗吠声特别大。他松开了脖子上的领巾，开始发言。他的灰眼睛闪烁着精光，表情也变得智慧机警，他高亢的声音传到了法庭的每一个角落，也传进了挤在门窗处倾听的人群的耳朵里。有幸听到这场发言的人事后都夸耀说，这是林肯所做过的最精彩的演讲。

他说了足有一个小时，回顾了所有证据，指出梅兹可很可能是从马背上跌下来摔死的。他说了他与阿姆斯特朗家之间长久的友谊，还说了他对于他们优良品德的信任。

“我关心的只是正义。”他最后说道，“我接下这件案子是为了友谊，不是为了报酬。”（许多律师接下谋杀案都会收很多钱。不收报酬打官司是一件不同寻常而又令人钦佩的事。)

陪审团第一次投票结果宣告达夫无罪，汉娜高兴得哭了出来，当林肯过来与她道别的时候，她已经连话都说不出来了。

巡回审判中的报酬很低，因为大部分的案子相对而言都不怎么重要，可数量却堆积如山。积少成多，于是这几年林肯的生活过得还不错，也存了点钱。有时候一笔官司就能赚到很多钱。比如麦考密克工厂的收割机专利案件的报酬是一千美元，伊利诺伊中央铁路税务案的报酬是五千美元。在巡回审判的间隙，他都会在斯普林菲尔德执业。

从华盛顿回来后的一年多里，林肯一家都沉浸在小埃迪[①]死亡的悲痛之中。同年（1850年），他们的第三个儿子威廉姆·华莱士出生了。三年后（1853年），他们的第四个儿子诞生了，为了纪念林肯已过世的父亲，这个孩子被取名为托马斯。小托马斯被亲切地称为“泰德”，他是一个充满活力的小男孩，说话还咿咿呀呀的口齿不清。这个小小的家里好像全都是男孩儿。林肯在事业上颇为成功，房子也被扩

① 埃迪：林肯的次子爱德华·贝克的爱称，3岁零11个月时不幸夭折。

建成了两层。在这里他们住得非常舒适。

作为一个母亲，林肯太太要忙着照顾家里，为自己和孩子们做衣服、做饭什么的。有时候，一些女性朋友会来帮她一起打扫房间或是搬东西，每天总有一堆活儿要做。教堂的缝纫社团经常在林肯太太家聚会，对于那些可能会对丈夫的事业有帮助的人她都会盛情款待。林肯现在已经没有什么政治抱负了，但她想至少在事业上能帮助他。有客人来访的时候，林肯太太希望家里看起来井井有条，不过这也不是件容易的事，因为林肯先生对孩子们十分放纵，随便他们吵吵闹闹或是上蹿下跳。有时林肯太太头疼得厉害，脾气也就跟着变差，这时候，她的丈夫会把孩子们带出去散步，让家里清静清静，等她差不多好了之后再回来。

在家里，林肯先生就和其他普通男人一样，会拎着大篮子去市场。买完东西后，这个篮子又重又满，他还得费力地把它拖回来，然后放到厨房的桌子上。他也得劈木柴保证炉火不断。客厅里那个精致的新炉子被他们称为“客厅神庙”，这个炉子十分耗柴，可林肯太太觉得那个造型很时髦。为了巡回审判，林肯先生买了一匹马，他平时还得负责照料这匹马。甚至就连挤牛奶也是他的分内工作。

这头奶牛有时候挺会惹麻烦的，于是林肯就把它拴在离家不远的草地上的一棵悬铃木上。这个街区的男孩子们——包括他自己的孩子都喜欢在那块草地玩球。林肯先生去挤牛奶的时候经常加入他们一起玩，玩得开心的时候经常把本来要干的事都忘了。有一天晚上，林肯家里正在开派对，烹饪菜肴需要用到牛奶，林肯挤完牛奶后看到球场上战况激烈，他一高兴就跟他们一起玩去了。

过了一会儿，小威利从家里跌跌撞撞地跑来喊道："牛奶！他们要牛奶！"

林肯这才想起来要办的正事，赶紧扔了球棒，拎起身边的牛奶桶迈开长腿就大跨步地往家里冲去。男孩子们一个个都惊呆了，他们想不通林肯是怎么能跑得那么快还能保证牛奶一滴不溅出来的——其实这是他小时候在印第安纳天天拎水的时候学会的独门绝技。

五十岁出头的亚伯拉罕·林肯事业成功、家庭幸福，过得很是知足。他仍是一个有抱负的人，他的妻子也是。但"法律"已经能够满足一个男人的雄心壮志，而且也比政治更稳定，更能保证有一个光明的前途。然而，奴隶制的蔓延对联邦造成了很大的威胁，这让林肯不得不重回政坛——这次他不是为了个人的野心，而是为了国家的安定。

当堪萨斯和内布拉斯加准备作为州加入联邦的时候，奴隶制对国家的威胁便愈发地迫在眉睫。从“路易斯安那购地案”得来的大片土地到底该是“蓄奴的”还是“自由的”，人们的意见产生了极大的分歧。根据《密苏里妥协案》，这片土地应该是“自由的”。但参议员史蒂芬·A·道格拉斯提出了一项议案——要求废除《密苏里妥协案》，并提出每个州应该自行决定是否蓄奴。这项议案最终得以通过并变成了法律。

长久以来，《密苏里妥协案》都是美国最重要的文件之一。1820 年，在决议密苏里是否该成为美国的一个州时采纳了这项协议。当年，奴隶制还没有给这个新成立的共和国带来什么麻烦。以棉花种植产业为主的南部地区存在奴隶制；偏重工业化的东部则不再蓄奴；整个西北地区——包括俄亥俄、印第安纳、伊利诺伊、密西根和威斯康辛都是自由州。可是，通过“路易斯安那购地案”而得来的大片土地却带来了一个新的问题：这片地区应该是“蓄奴州”还是“自由州”呢？北方人明白，如果这片土地采用奴隶制，那么美国大多数的州都会变成蓄奴州；南方人也同样明白，如果这片土地全都变成自由州，那奴隶制就会渐渐被废止了。

1820 年，关于密苏里州的这个争论几乎要把联邦分裂了。亚伯·林肯那时候还太小，还理解不了这其中的深意，但他长大后就能明白了。最终，双方都做了一定的让步，妥协案就此达成。那些反对奴隶制的人同意密苏里作为一个蓄奴州加入美国。那些支持奴隶制的人也放弃了在北方掌控更多州的想法。他们对将来从“路易斯安那购地”分出来的州意见一致：其中，以俄亥俄河为东西线，以北各州作为“自由州”，以南的各州则作为“蓄奴州”。这项妥协案持续了三十多年，直到道格拉斯以“人民主权论”的名义推出了《内布拉斯加法案》，《密苏里妥协案》才真正被终止。包括林肯在内的许多人都认为，这项法案的出台很快就会加剧奴隶制的蔓延。

1852 年，史蒂芬·A·道格拉斯第二次被票选为参议员，所以 1854 年他不具备总统候选人资格了。不过他积极地参加伊利诺伊州政府的竞选活动。道格拉斯是一位出色的演讲者，也许是当年最有前途的政治家。他为自己的国家尽心尽力，许多人都将他比作亨利·克莱。但有些人却认为他提出的《内布拉斯加法案》更多是出于个人的利益和野心，不过，他仍被认为是下一届总统的上佳人选。

虽然亚伯拉罕·林肯在他的法律事业上忙得不可开交，但他还是希望人们能够理解《内布拉斯加法案》所隐藏的危机。他又开始做演讲，并写信给一些有影响力的朋友。他指出了道格拉斯理论的两个错误：第一，只要美国人民中有一部分人是奴隶，那真正的“人民主权”就不可能达成——因为奴隶没有选举权；第二，允许新州自行决定是否采用奴隶制只不过是在逃避问题。林肯认为，是时候决定这个国家是否允许奴隶制了，因为没有哪个国家可以在半自由半蓄奴的状态下永世长存。

1854年10月，林肯在皮奥瑞亚做演讲的时候详细阐述了自己的观点。他讲述了《密苏里妥协案》的历史成因，并指出废除它的各种不利。听众们注意到林肯的口才进步了。他不再哗众取宠，行为举止都十分高贵优雅。他仍旧用故事去阐明他的观点，但是现在他说的例子都经过精挑细选，十分恰当。他说话的时候眼里焕发出光彩，他友好的举止令人感到愉快。许多报纸刊登了他的这次演讲，并被广泛传阅。反《内布拉斯加法案》的选举人在州议会中占了多数，但林肯仍是没选上国家参议员。

同年（1854 年），许多辉格党人与一些反《内布拉斯加法案》的民主党人组成了一个新的党派——共和党。这个名字是托马斯·杰斐逊以前曾用过的。和林肯一样，大部分共和党人都反对奴隶制，而且坚决反对奴隶制蔓延。而绝大多数的民主党人都赞成蓄奴。1856 年 5 月，林肯在布卢明顿的州代表大会上做演讲的时候，与这个新兴的共和党达成联盟。那场演讲惊心动魄，记者们只顾着倾听甚至都忘了要记录内容。由于林肯当时也没有预先写过稿子，于是这场演讲就变成了“传说中的演讲”。有些人说，这是林肯这辈子做的最精彩的一次演讲。这场演讲的效果是惊人的，二十一天后，林肯——这个在伊利诺伊州以外并不太出名的人——得到了一部分投票支持他当副总统。

尽管林肯有远大的志向，但他却没有进一步扩大这个优势。他似乎在等待。在他静观其变的同时，他感到灵魂深处有一种神秘的、若隐若现的骚动。他仔细思量着这个国家，以及国家政府所代表的观念。他不知道如果人们对这种半自由半蓄奴的状态放任自流，那究竟会是个什么样的结果?

他在给朋友的一封信里写道：“这个问题对我而言实在是太沉重了。也许上帝会仁慈地指引我们找到出路。”

1858年6月，在斯普林菲尔德举行的共和党州代表大会上，林肯被认可为国家参议员。后来，他在会上做了一篇非常有名的演讲——“分裂之家”。这场演讲的煽动性相当强，也让林肯成为共和党候选人的最佳人选。道格拉斯在参议院的第二届任期就快结束了，也就是说，州议会选举必须从这两个人之中产生。

7月9日，参议员道格拉斯将要在芝加哥进行演讲。林肯当时也在芝加哥，于是他也顺道前去一听。

观众们站在特雷蒙特酒店前，听着他巧舌如簧的演说。他说，人们应该被允许随心所欲地管理自己的财产。如果一个人想养奴隶，那是他自己的事情，政府不该去多管闲事。他的花言巧语几乎让人们忘了他在说一个皮肤碰巧是黑色的人类就像牛或马车一样只能成为他人的财产。

亚伯拉罕·林肯在一旁听着，一种想要反驳他的谬论的强烈欲望向他袭来。那种灵魂深处的神秘悸动越来越无法压抑，仿佛在告诉他：现在！就是现在！这就是你一直在等待的那一刻！林肯决定立刻反驳道格拉斯。

第二天一早，他就向委员会要求在同一地点陈述另一种观点——“就是今晚！”

令人失望的是，他们告诉他这与道格拉斯演讲的时间间隔实在是太短了。不过在林肯的再三要求下，委员会还是安排了这场演说。

7月10日晚，特雷蒙特酒店前的街道上人山人海，烟花在夜空绚烂地绽放，乐队演奏着动人的旋律。当亚伯拉罕·林肯出现在阳台上的时候，人们爆发出了一阵欢呼喝彩。

“林肯！”

“听听老亚伯怎么说！”

“让他告诉那些家伙！”

人们喊道。

这一场精彩的演讲震撼了在场所有的人。他重复了一段他在斯普林菲尔德说过的话——“分裂之家不能持久，政府不可能永久承受半自由半蓄奴的现状。”他进一步解释了他的观点，然后以这么一句话作为演讲的结束语：“希望自由之光能照亮你的胸怀，直到再也没有人怀疑世上所有人生来平等！”

人们高呼赞成。

谁说亚伯拉罕·林肯会放弃政治？今晚，他已把他那顶大礼帽当作绣球抛入了政治的怀抱之中。

第十四章　辩论会与提名大会

1858年夏天，伊利诺伊沸腾了。从纽英仑、肯塔基和弗吉尼亚移民来此的人们每天都在听辩论，就连孩子们也跟着一起凑热闹。东部人说道格拉斯议员试图蔓延奴隶制。南方人则否认这一点。所有男人、女人、甚至连小孩子都有自己的立场。

今年并不是总统选举年，但州竞选活动同样热闹非凡。民主党支持道格拉斯议员去证明自己。新兴的共和党也把亚伯拉罕·林肯推到了同样的位置上。那些听到或是读到过芝加哥演讲的人们希望能看到这两位候选人的激烈碰撞。

"我想听他们说出个究竟来。"人们说道。

"把林肯和道格拉斯凑一块儿！"

"我一定要去看这个热闹！"

许多报纸都赞同这个主意。林肯向道格拉斯发出了公开辩论的挑战。道格拉斯最终也同意了。选举委员会为他们安排了七场辩论会并制定了规则。第一场辩论由道格拉斯先开始发言，之后两个人轮流进行，所以林肯要做第二场、第四场、第六场辩论的第一发言人。首场辩论率先发言的那个人说一个小时——接着他的对手说一个半小时——由先发言的那个人做最终的半小时辩论。报纸刊登了辩论会公告，铁路为此开设了短途列车，人们对这场辩论很感兴趣，愿意远道而来在暴雨里或是骄阳下站好几个小时听他们的演讲。

八月，林肯坐着一辆十七节车厢的专车前往渥太华参加第一场辩论。在黑鹰战争期间他曾来过这里，二十六年过去了，这个小镇都已经发展得让他认不出来了。委员会成员把他接上了一辆马车一路随行。一位年轻的女委员还在马车上装饰了常青树。游行乐队、军队和政治俱乐部成员排了足有半英里长。道格拉斯从小镇的另一边来，这两个人被接到了同一个街区，在两家不同的豪华宅邸里各自用了午餐。他们的辩论持续了整整一个下午。

第二天一早，报纸的大标题写道：

渥太华大辩论

12000 人见证林肯大获全胜

共和党理论被证合理！

击倒小巨人！

道格拉斯发火了（据说），林肯以漂亮的姿态赢得了满堂喝彩。群众3∶1倒向了林肯。当然，这是共和党报纸的报导。

民主党报纸则有一套完全相反的说辞：

道格拉斯与林肯于渥太华进行辩论

12000人见证林肯溃败

道格拉斯无往不胜！

六天后，又一场辩论在弗里波特举行。有两辆专列负责将观众送到此地，另有成百上千人走路、骑马、乘双轮单座轻马车或是四轮马车赶来。小镇上到处都是乐队、药贩子、扒手以及两位演讲者的忠实追随者。商店、小吃店和沙龙的生意特别的好——几乎所有的东西都被扫荡一空。道格拉斯前一晚就到了，秘密下榻于布鲁斯特酒店。林肯则于第二天早上九点到达，小镇鸣起了加农礼炮向他表示敬意。

这次将舞台搭建在附近的一个果园里。下午两点，道格拉斯乘坐一辆由白色骏马拉着的华丽马车赶到了那里。而林肯则乘了一辆拓荒者经常用的大篷马车，让农民驾车把他送到了那里。这辆马车十分朴素，因为林肯是人民的公仆。

两位演讲者的才能各不相同。道格拉斯的声音就像管风琴，低沉而深入人心。林肯则是男高音，他的声音能传到很远的角落，让所有人都能听到。他从不在句子的结尾降低自己的声调，而是保持相同的音高来抓住听众的注意力。

他们的经济实力和体型也有很大的差异。道格拉斯在繁华的芝加哥及西部地区拥有大片的土地，他对于在芝加哥和西部之间修建铁路的事很感兴趣。而林肯的财产只有他当律师的那点收入。另外，道格拉斯的个子很矮，大约只有五英尺，而林肯足有六英尺四英寸高，这种明显的对比让竞选演讲也变得更加有意思起来。

“林肯先生，”一个男人无礼地问道，“您认为一个人的腿应该长多长呢?”

林肯假装思考了一下才回答道：“我觉得，从他的身体到地面的这点距离就差不多了。”

在上一回合的渥太华辩论会上，道格拉斯夸张地提了七个问题。这一次该轮到林肯率先发言了——在他开始反驳道格拉斯的演讲之前，他先对那些问题一一做出了回答。

和那年夏天他所作的其他演讲一样，这场演讲也被记者们速记下来并刊登在全国的报纸上。这种辩论要比一党的政治集会更吸引人，成千上万的人都在阅读相关的报道。九月份又进行了三场辩论，十月份又进行了两场。

这几场辩论让林肯闻名全国。他可嘉的勇气和清晰的逻辑揭穿了道格拉斯的花言巧语，也向选民们呈现了一个明确的议题——美国人民是否允许奴隶制蔓延。他坦白承认他知道想要在那些合法的蓄奴州结束奴隶制绝非易事，而且他也并不赞成立即将这种制度废除。如果奴隶制能得以控制，那么也许有一天它将被法律禁止。不过他更清楚如果放任奴隶制蔓延，那么由之所带来的可怕后果很快将会失去控制。

全国的选民们反复咀嚼了这些话，比如：

“我不赞成《堪萨斯-内布拉斯加法案》，因为这对奴隶制本身就是极其不公正的。我也不赞成奴隶制，因为它使世界知道我们这个共和国也是极其不公正的。”

“差不多八十年前，我们的国家宣告着‘人生来平等’而成立。可现在，”他讽刺地引用了道格拉斯的话，“‘神圣的自治权’的意思就是一个人可以奴役他人。”

整个秋天，这两位候选人都忙着做各自的演讲，两党派人士也在小镇和村庄里进行着演说。赫恩顿、特兰伯尔、布朗宁、斯图尔特等人都在为各自的目标和他们所信任的那个人努力奋斗着。这场斗争一直持续到选举的那一天——林肯落败了。

林肯花了几天的时间熬过了落选的懊恼与失望。最终，他看开了，发现一切并没有那么糟。这场激烈的对抗让南方诸州知道他们不可能扩大蓄奴州的数量；道格拉斯大概也不可能参加总统选举了；共和党人也获得了更多的政府职位；林肯赢得了成千上万个新朋友和支持者。“老亚伯”现在成了一个骄傲的昵称，就连民主党的漫画里也这么称呼他。而且，林肯先生还被人们和 1860 年的总统选举联系到了一起。

在辩论期间，共和党领导人发现林肯对于美国理想和美国历史的丰富知识给人们留下了很深的印象，也为他在全国范围内赢得了观众。建立在这种基础上的名誉还有望增长。不过林肯本人究竟是怎么想的谁也不知道。

在 1858 年州选举之后，林肯又投入了他的法律工作之中。在他进行自费选举的同时，他的法律事业被怠慢了，收入也减少了。现在他必须加倍地工作来弥补。在家的时候他也会和孩子们一起玩，而且还要拖着大篮子去市场买东西。那年冬天特别冷，他总是把羊毛披肩绕在脖子上当围巾。他把文件放在帽子里到处带着走，然后再将它们铺在地板上，什么时候有空了就拿起来看上一眼。

若是有人来访，林肯先生就算听到敲门声也舍不得立刻扔下书本跑去开门。他慌慌张张地将外套放好，但眼睛却继续流连于字句之中。林肯太太匆匆忙忙地赶去应门的时候已经太晚了，而她身后还有人在不停地叫着："妈妈，快回来！"

每到此时，林肯太太都会教训道："林肯先生！（一位女士通常不会直呼她丈夫的姓）"她说道，"以您的教养，竟然让一位女士前去应门吗?!"

林肯先生笑了笑——然后就把这事儿给忘了。林肯太太为此十分苦恼！

1859 年，奴隶制让美国人民愈发地感到不安起来。堪萨斯州发生了暴动，约翰·布朗试图在哈珀斯费里煽动一场奴隶起义。1860 年，又到了提名总统候选人的时候了。

民主党人召开了会议，但他们的意见产生了分歧。最终，南方民主党人选了一位候选人，北方民主党人选了另一位候选人——道格拉斯。剩余的辉格党——也就是现在的立宪联邦党也有他们自己的候选人。

共和党认为选票的分散给了他们一个赢得选举的大好机会。如果他们选对了人，就很可能获得这场胜利。威廉·西瓦德是一位来自东部的知名人士，大多数人都认为他是最佳人选。而伊利诺伊州、爱荷华州和印第安纳州则支持亚伯拉罕·林肯。但除此之外，林肯什么靠山也没有。《哈珀周刊》在列举可能的候选人名单时将林肯排在了第七位，他们写道：西瓦德、密苏里的贝茨和宾夕法尼亚的卡梅隆赢的可能性更大一些。

提名大会将于五月份在芝加哥举行。为了这一刻，芝加哥人专门造了一栋大楼——维格沃姆。维格沃姆位于大湖和市场街的拐角处，著名的索加纳什酒店曾坐落于此。

许多人都认为林肯肯定会出现在芝加哥大会上，但是他没有。就像他自己说的："在家里我是一名出色的候选人，可是去那里还不太够格。"他的许多朋友都去了——戴维斯法官、杰西·杜布瓦、史蒂芬·洛根和威廉姆·赫恩顿。他们承诺会尽其所能地帮林肯做点什么，并会给他传递实况消息。于是林肯就暂时住到了斯普林菲尔德电报局的附近。

5月14日他接到了这样一份电报：

A·林肯：在我们派人来接你之前你不要过来。

杜布瓦、戴维斯

5月15日收到的是：

A·林肯：我们以静制动，该做的都做了。除了那些保守的老顽固，没有什么能打败我们。代表们和我们是一条心。

戴维斯、杜布瓦

5月18日，消息如洪水一般的向他涌来。第一个告诉他这个激动人心的消息的是林肯在商务部的一位朋友：

亚伯拉罕·林肯：你在第三轮投票中被提名了。

J. J. 理查兹

他真的被国家最高政府机关提名了！一时间，千万种思绪闪过亚伯拉罕·林肯的心头。他想起他的妈妈在他第一天上学的时候她有多骄傲；他想起熟知当地法律的仁慈的佩特法官和皮彻律师；他感到边枯燥地自学法律边挣扎着在拓荒时代的新塞勒姆活下去的那段艰苦的日子终于得到了回报；他想到那总短了一截的鹿皮马裤和总是空荡荡的胃；他想到那些听他进行辩论的观众。在他看到这条消息的那一刻，许多大事小事一齐在他的脑海中浮现。

然而，不论他心中是如何的思绪万千，他的外表看起来都很冷静，眼中的情绪也深藏不露。他看了看电报，说道："先生，我们家有一位娇小的女士对这封急电更感兴趣。如果您允许的话，我想拿给她看看。"接着他就回家了。

第二天一早，朋友们开始发愁林肯是不是应该来芝加哥。不过很快一封从大会主席那里派来的电报就把这个问题给解决了：

A. 林肯阁下

亲爱的先生：

大会组委会将于周六晚派专车前去，届时将正式通知您被提名为美国总统。

乔治·阿什曼　主席

当这一消息传遍斯普林菲尔德的时候，朋友们都赶到林肯家里来出主意或帮忙。大家都知道林肯是一个“禁酒主义者”，他家里实在没什么能拿来招待这些尊贵的客人的。

“我会打理好一切的。”一个邻居提议道。

“我来弄点酒吧。”另一个说。

“先生们，我谢谢你们的好意。”林肯回答道，“不过请允许我婉拒您的提议。我的家里没有酒，我也没有用酒招待朋友的习惯。我不能让朋友们为我做我自己都不会做的事。我这里只有凉水喝——除此之外没有别的了。”

周六晚上，一大群人都去迎接那辆两百人的专车了。他们像扛步枪一样地扛着防护栏浩浩荡荡地到政府大楼去听演讲，之后又去了林肯家。

两个男孩在门前台阶上等着他们。

“你是林肯先生的儿子吗?”一位访客问那个大一点的男孩。“是的，先生，我是威利。”那个男孩迅速回答道。

“我们握个手吧！”

“我也是林肯的儿子！”七岁的泰德大声喊道。

大家笑了，代表们也跟他握了手，小泰德十分得意。

林肯先生在前厅接见了委员会委员。他的表情看起来平静而尊贵，甚至都无法从他的灰眼睛里读到任何情绪。乔治·阿什曼递给了他一封公函，林肯鞠躬表示敬意。

“我很快会书信回复的。”他说。

“来啊先生们！”当官方手续办完之后，有个人大声喊了起来，“那就是老亚伯·林肯！”

“林肯太太会很高兴见到你们的，先生们。”

代表们涌进了林肯家。林肯太太就在南厅，她看起来和颜悦色、端庄美丽。与他们之前预想的大相径庭，林肯一家根本就不是什么草木愚夫。有人听到了这句话，惊讶地问道：“为什么你会这么想？林肯一家可都是真正的绅士啊！”

在屋外，整个小镇都被绚烂的烟火和热闹的篝火点亮了。所有的房子和商店从地下室到阁楼都亮着灯。整整一个多月，斯普林菲尔德都是这个国家的焦点。

第十五章　游行与告别

提名与正式选举之间的几个月间隔让人们有时间好好考虑该把票投给谁。1860 年的竞选注定竞争激烈，一共有四位候选人参选——南民主党候选人、北民主党候选人、立宪联邦党候选人和共和党候选人，而这些候选人所持的政见各不相同。对此，美国人民见仁见智。

共和党有三条政治纲领：禁止奴隶制（但在奴隶制合法的州内则不受妨碍）；保护美国工业；给想要西进的人无偿的田产。

然而，这几条简单的纲领却触怒了许多选民。废奴主义者认为他们太软弱；南方人则将之曲解为要终止奴隶制，因为如果奴隶制不跟着西进运动一起发展的话，那这种依靠奴隶制劳作的生活早晚也要结束。至于另外两个观点——如果工业（大部分都在北部）有高关税做保障，那么北部的经济很快就会赶超以棉花种植业为主的南部地区；而且，如果西部的田产是免费的，那么北方人很快就会占领这片土地——而他们都是不蓄奴的。

南方诸州很快威胁说如果共和党的候选人林肯当选了，他们就会退出联邦。废奴主义者感到自己被背叛了。就连共和党人也吓了一跳。许多人对于提名林肯这件事后悔莫及。他们原以为提名一位像安德鲁·杰克逊这样的“人民公仆”是一招妙棋，可现在，他们真希望提名的是经验丰富的西瓦德。各党派人士都担心现在想要维持统一会不会已经太晚了。关于领导权的问题，十一月的选举后将一见分晓。

党派领导人知道“游行”是吸引群众来听严肃演讲的绝佳手段，群众会觉得不虚此行。所以领导们组织了童子军，安排了游行和野餐。妇女们——她们没有投票权——制作制服和别致的横幅标语。每个人都能参与进来。

最大的助选俱乐部就是共和党的“乌燕鸥”，盛夏的时候已经拥有五十多万名成员。男孩们成立了“林肯亲卫队”和“青年伐木工”这两个俱乐部。成员们帮忙拉票、护送演讲者、在集会中担任向导和主持人，还主动承担其他对竞选有帮助的服务。

与此同时，在斯普林菲尔德的亚伯拉罕·林肯每天都被一大堆的公务包围着。由于前来拜访他的人实在太多，政府索性在政府大楼里给他腾出了一间舒适的转角房让他接待蜂拥而至的来访者。艺术家为他作画、雕刻家为他雕像、记者为他写报道、竞选委员会让林肯写他自己的人生经历。

就连威利和泰德也自得其乐。他们在政府大楼里跑进跑出，给大家造成了不小的麻烦，可他们却乐在其中，林肯也觉得没什么。就连后来威利得了轻度的猩红热都没什么人去同情他，因为如此一来他们总算可以清静清静了。罗伯特现在已经十七岁了，正在外求学准备考哈佛大学。

斯普林菲尔德的人们策划了一场比以往所有的庆典都盛大的庆祝会。他们把日期定在了 8 月 8 日，每个人都开始着手准备。尽管通知上写明了如果可能的话请自己带食物来，但是就连反对者们也答应会负责来访者的饮食。在广场附近建起了一栋仿造芝加哥维格沃姆的建筑。人行道被重新翻修过了，增添的警力也都部署妥当，并邀请了人来做演讲。

8 月 8 日天气十分晴朗。早上九点街上就挤满了人。足有 180 节车厢的人被专车载来此处，合计共 15000 多人。另有成千上万的人步行、骑马或是驾着马车赶来。前来观看的人实在太多，以至于游行队伍都没地方落脚。最终，游行在杰克逊大街开始了，林肯一家都站在门前台阶上观赏。

打头阵的是一个巨大的球，一群穿着制服的人推着球前行。年纪小一点的男孩子们一路追着那个球跑，想要看清上面的文字：

星之帝国正步步西进

领袖林肯是我们凡间的父

跟在那个大球后面出场的是二十多家俱乐部，有“乌燕鸥”、“林肯美国青年”和“斯普林菲尔德德裔美国人”等。伴随着乐队欢快的曲调，花车慢慢驶了过来，让群众看得目不转睛。一辆花车被做成了一艘巨大的带轮子的平底船，上面写着“在新塞勒姆的日子”。另一艘花车上放着一个货真价实的动力织布机，游行过程中还在不停地织着牛仔布，每织好一段布就会立刻被裁下来做成裤子，这些裤子都是“为林肯做的”。还有一辆像小木屋一样的花车，上面有一个打扮成林肯模样的人在不停地劈围栏。还有一辆花车是由二十三头上了牛轭的牛拉着走的，车上载满了伐木工人、车轮匠和铁匠——他们象征着在太阳底下“诚实的劳作”。

许多游行者都拿着木栅栏——这股风潮是由约翰·汉克斯兴起的。五月份，当他听说林肯的名字在代表大会上被提名的时候，他将之前找到的两个瓦尼克家的栅栏带去了迪凯特大会。他指着上面的斧头记号说，这是“老亚伯”劈的栅栏，代表们都看得出了神。他们知道，这是拓荒者辛勤劳动的标志。于是，木栅栏很快流行了起来，现在那里的围栏大概都已经被拆光了！自从林肯被提名后，木栅栏就卖得很火，每一根都可能是这位共和党候选人劈的。有些栅栏还被系上了当下流行的标语：

维护联邦统一——老亚伯围起栅栏保护家园

亚伯·林肯——在伊利诺伊把史蒂芬·A·道格拉斯当栅栏劈

长长的游行队伍中摇曳着成百上千条横幅，上面都写着时髦的口号。

直到下午两点，队伍才结束了在斯普林菲尔德街道上的游行，最终来到了集市的空地上准备开始演讲。一共75000多名观众被分成了若干组，每一组都被安排听不同的演讲者演讲。晚上还有光彩夺目的火光游行，游行的人穿着油布披肩保护自己不会被火花或滴下来的油伤到。威利和泰德一直看到最后一个人走过。那天真是一个大日子。

第二天一早，《伊利诺伊州报》就发表了一篇热情洋溢的报道，标题上画了一头大象——这是首次用这种动物当作选举的象征。大象穿了两双靴子，身挂一条长条的横幅，上面写着——“我们来了！”鞍坐垫布上还写着“开道！”这张图下方的标题写着：

政治大地震

草原为林肯而燎！

西部史上最大规模游行

全国还有其他许多激动人心的集会，而这一场盛大的庆典只不过是其中的一场。现在，选民脑海中的弦都绷了起来，时时刻刻关注着选举的形势和国家的政治竞争。

这场游行只不过让亚伯拉罕·林肯忙碌的生活稍作停歇，第二天一早，他又像往常一样会客读信了。去市场买东西的那个大篮子里如今装的都是每天从邮局送来的信，他尽量每封都读，并尽可能多地回信（手写）。

有一封信把林肯给逗乐了。

纽约

威斯特菲尔德 肖托夸县

1860 年 10 月 15 日

A · B · 林肯阁下

亲爱的先生：

我的父亲刚从集市回来，带回了您和哈姆林先生的照片。我是一个 11 岁的小女孩，不过我很希望您能成为美国总统，所以希望您不要觉得我给您这样的大人物写信很没礼貌。你们家有没有和我一样大的小女孩？如果有的话请告诉她们我爱她们，如果您不能回我的信，那么请让她给我写信。我有 4 个兄弟，其中有几个肯定会投您的票，如果您能留胡须那我就会说服剩下的几个也投您的票。您留了胡须会好看很多，因为您的脸实在是太瘦了。所有的女士都喜欢留胡须的男士，这样她们就会缠着自己的丈夫也投您的票，这样您就能当上总统了。我父亲准备投您的票，但是我还会想办法让每个人都投您的票的。我觉得在您的照片周围围上木栅栏非常好看。我有一个才9周大的小妹妹，她实在是太可爱了。您回信的时候写上“纽约 威斯特菲尔德 肖托夸县 格蕾丝·贝德尔”。

我不能再多写了。马上回信。再见。

格蕾丝·贝德尔

林肯亲笔回了这封信。

私信

伊利诺伊 斯普林菲尔德

1860年10月19日

格蕾丝·贝德尔小姐

我亲爱的小小姐：

你15日寄来的信我已经收到了，我很高兴。虽然很抱歉，但是我必须得告诉你我没有女儿。我有三个儿子——一个十七岁，一个九岁，一个七岁。他们三个和我的妻子一起组成了我的整个家庭。

说到胡子，我还从来没留过，如果我从现在开始留，你认为别人会不会觉得我的装腔作势有点蠢？

你非常真诚的祝福者

A. 林肯

几星期后，林肯所拍摄的照片上可以看出他已经开始留胡子了，而且还是相当时髦的样式。从此之后，林肯就一直蓄着胡子。在他赴华盛顿参加就职典礼的途中，火车还在威斯特菲尔德停靠了一阵，他和格蕾丝·贝德尔见了面并聊了一会。

11 月 6 日，天清气朗、风和日丽，举国上下终于迎来了选举日。斯普林菲尔德的人们早早地就来到了广场上。林肯觉得投票给自己有些不妥，但他的朋友们告诉他，他应该率先投票，为党派做表率。于是他把自己的候选人名单的上半部分裁了下来，放入了投票箱里。当地居民都以林肯在政治上占了上风而自豪，无论是什么党派的人士，大家都在林肯走向投票箱的那一刻开始欢呼。

林肯投完票之后就轮到其他人投票了，而他自己则去了一家小电报局平静地坐了下来，等待着自己的命运。唱票员将成批的信息进行收集整理，然后把最新的消息告诉在门外等待的群众。南方所得到的林肯的第一个回应是："扳回一城的时刻到了！"

午夜，林肯和其他一些人去参加了女士们准备的派对。林肯太太也去了，她看起来兴致高亢，美丽的脸庞因激动而涨得通红。派对上，几个朋友大着胆子向林肯祝贺道："总统先生，感觉怎么样？"

到凌晨1:30，共和党的胜出似乎已成定局，林肯一家也回到了家中。而这个城市却一直狂欢到黎明。

据官方统计公布，林肯赢得了除新泽西州（新泽西州当时处于分裂状态）以外所有自由州的投票，但他的得票比他所有政敌的总票数少了近一百万之多——他是一位少数派总统。共和党在国会两院中也都是少数派。林肯明白，他在华盛顿的任务非常艰巨。更糟糕的是，共和党人和民主党人都认为林肯的当选是国家的灾难。虽然为时已晚，但许多共和党人仍然觉得如果当选的是经验丰富的西瓦德就好了。而民主党则把林肯的当选看作是联邦的终止和内战开始的象征。尚未卸任的布坎南对这个局面也感到无能为力。每个人都等着一根导火索来点燃这个炸弹。

林肯在组建新班子的同时还得选择内阁和写就职演讲

稿。可是，在自己国家快要分裂的时候谁又有心思去关心这些呢？林肯当选后不久，南卡罗来纳就宣布脱离联邦。接着传来的全部都是坏消息！南方人认为只有脱离联邦才能延续眼下这种生活方式。很快，另外六个州——乔治亚州、阿拉巴马州、密西西比州、路易斯安那州、弗罗里达州和德克萨斯州也都加入了南卡罗来纳州的行列，组成了美利坚联盟国（邦联），由著名的前美国议员杰佛逊·戴维斯担任总统。

时值十二月，有些政治家试图通过某种协议挽救国家。他们甚至提议恢复《密苏里妥协案》，但是林肯拒绝了。因为他在选举时曾承诺过不允许奴隶制蔓延，现在再回头去谈什么允许奴隶制进入西部的协议已经太晚了。

一种难以言状却令人肉颤心惊的恐怖就好像流行病一样在整个国家蔓延开来。就连那些投票给林肯的共和党人都觉得自己好像做得太过了。当有传言说威廉·西瓦德可能会担任国务卿的时候，许多人都松了一口气。因为这是一个“安全的人”，他能挽救这个国家。而林肯——他们现在才发现，这个人并不懂得治国之道。

就在这风口浪尖的时候，林肯只是拿了几本书，把自己关进了一间仓库的内室里埋头写演讲稿。他带了《独立宣言》、《宪法》和他最欣赏的政治家（韦伯斯特、杰克逊和克莱）的演讲稿——当然还有圣经。全国民众的眼睛都紧盯着这个小小的房间。林肯在写什么呢？他会试图平息事态使国家避免内战吗？又或者他会拒绝让步，最终导致武装冲突呢？

二月，美利坚联盟国占领了几座海湾要塞，现在已经攻到了萨姆特要塞。终于，林肯的演讲稿在这个时候完成了。内阁成员也选好了。林肯提名了三位政敌——西瓦德、贝茨和卡梅隆当他的内阁，另有四人做他的顾问。这么做是需要很大的勇气的，而林肯从来都不缺乏勇气。

现在，是时候处理他在斯普林菲尔德的私事了。他把房子租了出去，把家具也都卖了。他去了一次伊利诺伊的查尔斯顿探望继母并向她告别。他和毕利·赫恩顿就两人的法律合作关系进行了一场长谈。离开办公室的时候，他指着他们那块陈旧的招牌对赫恩顿说："就这么挂着吧，让委托人明白总统选举并没有影响到林肯 & 赫恩顿事务所的正常营业。如果我还活着，总有一天会回来。那时候我们再一起当律师，就跟以前一样。"

他又去了毕利的理发店修剪了胡须。毕利知道朋友要离开觉得很难过。

“我们这些有色人种会想念您的，林肯先生。”他说。

林肯走后，毕利站在窗前看着他离开的背影，对一位朋友说：“我很担心林肯先生，我觉得他就好像永远都不会再回斯普林菲尔德了似的。”

很久以前，亚伯·林肯离开新塞勒姆时对自己充满信心。他在法律和政治上的成功也证明了当时这个决定是正确的。可是，这次离开斯普林菲尔德却让他感到前途未卜、生死难料，他现在被太多的事情所左右。

2 月 11 日是阴沉的一天，林肯先生在冰冷的细雨中驱车前往火车站。恶劣的天气并没有阻挡朋友们为他送行的脚步。前来送别的人实在是太多了，林肯不可能一个一个地跟他们说再见，但是他更不会什么都不说就一走了之。登车后，他走到了靠近月台的一端，在冷风中站了一会儿，看了看他忠诚的朋友们。接着，他对他们说：

“我的朋友们：

如果不是设身处地，没有人能理解我现在将要离别时的悲伤。对于斯普林菲尔德，我感激这里的一切，包括这片土地和所有的人民。在这里，我生活了四分之一个世纪，从一个小伙子变成了一个老头子；在这里，我的孩子们健康地出生，还有一个被永远地埋葬于此。现在我要离开了，不知道什么时候、甚至不知道还能不能回来，因为现在摆在我面前的任务实在比当年压在华盛顿肩头的任务还要沉重。没有上帝的引导，我不会成功；有了上帝的帮助，我不会失败。我坚信上帝将会与我一路同行，也坚信上帝将会与你们同在。让我们相信一切都会好起来。上帝会眷顾你们的，我希望你们也能祈求上帝眷顾我。别了，我的老朋友们。”

林肯紧了紧脖子上用旧的灰色披巾，然后转过身去走进了车厢。汽笛鸣响了。火车开始缓缓开动，人们目送着它一点一点地消失在视线中。直到完全看不见了，大家才沉默地离开。亚伯拉罕·林肯——他们的朋友和邻居——离开这个小镇了。带着不安和悲伤，他们迈着沉重的脚步各自回家去了。

第十六章　华盛顿1861

从斯普林菲尔德到华盛顿的路程只需要两三天，但是林肯一行人却足足走了两个星期。火车一路上停靠了许多站点，林肯会见了许多要人，召开了许多会议，做了许多演讲。他的智囊团希望总统的亲自出面多少能够平复正不断膨胀的紧张局面。林肯的举止十分友好，只要与他握手就能感觉到他仁爱的本性，并给人以信心和希望。

他们到达费城的时候已经是2月21日了，林肯太太和孩子们也一路随行。庞大的游行队伍对他们夹道欢迎，一路从火车站把他们带到了酒店。

而当人们在街上欢庆的时候，有三个男人却在一个小房间里紧张地商量着什么。其中两个人是跟着林肯来到华盛顿的朋友，这第三个人则是侦探艾伦·平克顿。

“有人暗中策划，想在巴尔的摩刺杀林肯先生！”平克顿告诉他们。

但这两个人并没有平克顿预期的那么惊讶。他们认为，林肯的生命受到威胁的说法很可能只是场闹剧。如果他们太当回事，林肯肯定会笑他们太过胆小。不过那名侦探却一口咬定这不是子虚乌有，而是一场已经确定的阴谋。根据计划，林肯绝对不能在白天去巴尔的摩。

“你最好亲口告诉他！”那两个男人说道。

平克顿当晚就去面见了林肯，可林肯却笑他太多心。林肯原计划第二天要前往费城的独立大厅参加一个升旗仪式，然后再去哈里斯堡进行演说，之后再前往巴尔的摩。林肯固执地打算按计划行事。在众多人的劝解之下，他才勉强同意夜间被悄悄护送出巴尔的摩。但是他坚持要参加独立大厅的庆典和哈里斯堡的演讲。

第二天，在升旗结束后，林肯先生发表了一段演讲。这段演讲体现了他对签署于这座大厅内的那份著名文件的深沉感情。

“现在站在这里我很激动，这里是一项伟大制度的起源，我们在它的庇护下生活。我所有的政治观点全都起源于这座大厅所传达给世人的观念。”他说他经常想起签署《独立宣言》的人和为这个国家实现了自由的那支军队。自由不应该在祖国的土地上有所区别，世界上所有的人都应该在将来获得永远的自由。如果他能够帮助国家实现这一点，那他将是全世界最幸福的人。如果不能，“那我宁愿被刺死在这里，也不会放弃！”同时他也承诺，除非为了自卫，否则绝不会发动战争。

参加完费城和哈里斯堡的活动之后，林肯极不情愿地被连夜护送出了巴尔的摩。第二天，当他安全抵达华盛顿时，他说以偷偷摸摸的方式来到这座伟大的城市是十分不光彩的。几小时之后，一列专车载着他的家人和同党派人士也抵达了华盛顿，他们在威拉德酒店汇合了。林肯套房立刻洋溢起了欢快的派对气氛。林肯太太带来了她漂亮的姐妹、侄女和堂表姐妹，英俊的罗伯特也从哈佛赶来参加他父亲的就职典礼。林肯先生的两位秘书都是极富魅力的年轻小伙，他们正忙着安排招待这些来访者。

罗伯特现在已经是一位彬彬有礼的青年了，他的中间名“托德”完全是名副其实——他是一位肯塔基绅士，举止也十分得体。威利和泰德兴奋地在各个房间里窜来窜去，他俩就是两个被惯坏了的少年，不过他们的父亲觉得他们这么有精神是件令人高兴的事。

最重要的那一天慢慢临近了。

3 月 4 日那天寒冷而潮湿，尽管有几缕阳光，可北风呼呼地吹着实在让人觉得暖和不起来。上千名前来观看就职典礼的人根本找不到地方落脚。他们在公共喷泉里洗漱，满城到处乱转。有些大楼张灯结彩，透出一股喜庆和华丽。另一些大楼则门窗紧闭，无时无刻不在提醒着人们华盛顿和巴尔的摩一样是一座南方城市。宾夕法尼亚大道被打扫得干净漂亮，不过军容整肃的联邦军队却令人心生不安。他们锋利的佩剑闪着寒光，正挺着军姿迈着军步前往就职典礼。群众忐忑地目送着他们。

林肯的不少朋友都特地从伊利诺伊赶来观看他的就职典礼。曼托·格雷厄姆——那位慈祥的新塞勒姆教师也来了。他取出了自己珍贵的存款，买了一套新西服、一顶新帽子和一张火车票。这一天，那个他曾教会他语法和测量法的年轻人将要成为美国总统了——这是格雷厄姆生命中最重要的一天。

亚伯拉罕·林肯走上了台，穿着得体而讲究。他的西服做工精良，大礼帽亦十分出众，胸前的衬衣雪白，靴子也是新的，此外他还拿了一根黑檀木镶金头的手杖。不过他要把这东西放在哪儿呢？面前的演讲台只够他放演讲稿的。

参议员道格拉斯坐得离他不远，他伸出了手，接过他的大礼帽和手杖。整个典礼过程中他都替林肯拿着。林肯先生望着这些来参加他就职典礼的人——他和道格拉斯曾打过许多次照面，现在他们聚在这里，这是多么奇怪啊！一个拿着帽子，一个就职高位。

俄勒冈州的贝克议员开始作介绍："亲爱的同胞们，请允许我向你们介绍这一届的美国总统当选人——亚伯拉罕·林肯。"

林肯走上演讲台时，星星落落的掌声打破了紧张的沉默，他从口袋里拿出演讲稿开始演讲。

"亲爱的合众国同胞们：遵从政府成立之日起定下的古老惯例，我在此向大家发表简短的讲话，并在'行使总统职权'之前宣读美国宪法所规定的誓词。"

之后他明确地向南方诸州保证他不会干涉合法蓄奴州的奴隶制度，如果蓄奴州有逃奴也将予以引渡。同时他还提醒南方诸州，要塞是属于联邦政府的，但在处理政府事务之时他会尽量避免冲突。接下来是他演讲中最重要的部分：他恳求人民维护一个不分裂的联邦。

“就客观而言，我们是不能分离的。我们既不能将各个地区相互分开，也不能建立起一道不可逾越的高墙隔阂彼此。假如你想诉诸战争，你也不可能永远地打下去。当双方两败俱伤且一无所获时，你就会停止战斗。这时，摆在你面前的依然还是那个老问题。任何有价值的东西都不会因为时间的流逝而失去。智慧、爱国主义、基督教义，以及对从未放弃过这片幸运国土的上帝的坚定信仰，这些都能以最佳的方式来化解我们眼下所有的难题。

“我不愿就此结束演讲。我还想说，我们不是敌人，而是朋友。我们也千万不能成为敌人。尽管对抗情绪很严重，但它绝不会使我们之间的感情纽带断裂。在这片辽阔的土地上，神秘的记忆之弦从每一个战场和每一个爱国者的坟墓绵延到每一颗跳动的心脏和每一个家庭之中，它必将再度被我们天性中主善的天使所拨响，到那时，联邦团结的合唱必将再次感动每一个人。”

林肯高亢、清润的声音停下了。首席大法官托尼打开了圣经。林肯举起他的右手，跟着宣读庄严的誓词。“我在此庄严宣誓，我将忠实执行合众国总统职务，尽全力恪守、维护并捍卫合众国宪法。”

礼炮鸣响了，人群沸腾了。亚伯拉罕·林肯在国家危急存亡之时成为合众国的总统。

当晚，林肯一家出席了“联邦舞会”，第二天一早，林肯先生就开始了他作为美国总统的繁重工作。他召集内阁开会，希望他的新团队能工作起来。白宫里有几百个前来求官谋职的人，他们进出也没人盘问，就直接排队站在了通往他办公室的楼梯口。林肯一家简直没有隐私可言！

华盛顿的女人们都在私底下谈论林肯太太霸气的持家手段和她美丽的礼服；罗伯特·林肯回学校去了；威利和泰德又病了，这次他们得的是麻疹。

林肯太太急着想端出“第一夫人”的架子，并向世人证明她的家乡肯塔基不是人们所说的那种原始森林。所以当孩子们病好了以后，她立刻开始了官方招待。林肯先生不想弄得过于正式，但这也遇到了难题。

裙子和手套这些琐事都需要考虑进去。直到第三次接待会的时候，她才给她的丈夫弄到一副白色的手套。由于林肯在长身体的时候总是拿着斧头，所以他的手变得又大又结实，因此要找到一双他戴得下的手套实在太不容易了。那次招待会上，林肯看到了他以前在桑加蒙县的一位老朋友，他激动得紧紧地抓住了他的手，然后砰的一声，那手套像充了气的纸袋一样爆开了！

贵宾们惊讶地纷纷瞧了过来。林肯先生看了看那副破掉的手套，说：“碎碎平安，我的朋友。”然后派对照常进行。

林肯在演讲中希望民众能“冷静地思考”这一愿望依然没有达成。3 月 5 日，就在林肯就职的后一天，他收到了一封来自南卡罗来纳查尔斯顿海港萨姆特要塞的指挥官安德森少校寄来的信。少校写到他们那里军粮告急，要守住要塞得增派两万兵士，可他现在手下只剩不到一百人了，他询问是否可以撤军。新内阁表示不同意增兵。

在还没做最终决定之前，联盟国（邦联）派来的三位使者抵达了华盛顿，要求联邦承认联盟国的独立，并处理南方的要塞和土地的问题。

国务卿西瓦德设法拖延住了他们，并尽量安抚每一个人。由于这三位使者认为萨姆特不久后将会退兵，于是也就无所顾忌地继续待在了华盛顿。当西瓦德忙得凄凄惶惶的时候，林肯决定是时候展现一下联邦的权威了。他驳回了内阁成员的建议，决定增派援军前往要塞。他认为这么拖延下去会让联盟国越做越大，势力再长就难以推翻了。而对于北方而言，再这么耗下去会降低民众的爱国热情，这样一来国家就难以再统一了。

那三位南方代表回去了。4 月 12 日，联盟军的枪声在萨姆特要塞打响了。

三天之后，林肯总统征集了 75000 名志愿军，三个星期之后又多了 42000 个人。到 7 月 1 日为止，已经有 310000 名军人在备战状态了。海军的船只被召回，南方港口皆被封锁。

南方的行动也很迅速。杰佛逊·戴维斯召集了 100000 名志愿军，另有四个州——阿肯色州、弗吉尼亚州、北卡罗来纳州和田纳西州加入了联盟国。马里兰州、肯塔基州和密苏里州还在踌躇之中。

内战打响了。内战是最残酷的战争，因为这让家庭与家庭之间骨肉相残。林肯自己家的人也和其他家庭一样分裂成了两派，有些亲戚选择为南方而战。林肯太太的三位兄弟也加入了联盟国的军队。还有很多人压根不知道该支持哪一边才好。罗伯特·E·李和乔治·H·托马斯都是弗吉尼亚公民并从西点军校毕业，他们对于该效忠哪一边觉得左右为难。李认为没法与自己的故乡和家庭做斗争；托马斯则决定加入联邦军的阵营，与格兰特将军并肩作战。

表面上看来，这场战争是要解决两个问题：奴隶制是否应该蔓延？已加入联邦的州是否有权力退出联邦？不过林肯先生和其他一些有识之士明白，其实，在这些问题的背后还有一个更为核心的问题：一个以《独立宣言》为立国之本的政府能否存留下来？

很快，那些求官人的队伍就被一条更长的队伍代替了，总统府门口排满了想得到军队委任状或者想对总统传授治国之道的人。每个人都认为自己知道该怎么做。包括内阁成员在内，很少有人对林肯的能力持信任态度。西瓦德认为林肯只不过是一个傀儡，他自己才是这个政府真正的领导人。内阁讨论了联邦将领们各自的优势，在七月布尔渊溃败之后他们需要一个真正有能力的人，不过谁又是真正有能力的人呢？

林肯先生几乎没有时间休息和娱乐，只能忙里偷闲的和家人在一起待一会儿。威利和泰德在阁楼上筹备着他们的展览——他们打算在房子后面举行一场动物展览会，让山羊、鸟、小马和其他动物做马戏表演。无论是白人还是有色人种，天真的孩子们在栅栏外睁大眼睛好奇地偷看，威利和泰德发现后便把他们也邀请进来一起玩。林肯家的男孩（威利 11 岁、泰德 8 岁）已经习惯了随自己意愿的交朋友，他们不在乎这个少年是富人家的大少爷还是擦鞋的小黑鬼，如果他想一起玩，那他们就会邀请他过来。当工作堆积如山的时候，总统先生总喜欢离开办公桌去看看他的孩子们在做什么。他们滑稽的动作总能逗得他哈哈大笑，让他精神一振。

林肯太太是一位好母亲，她总能把孩子们照顾得健康又快乐。她极不情愿地批准了威利可以骑他的小马。这匹漂亮的小家伙被威利视为最珍贵的礼物，他每天都要骑。

一个寒冷的冬日下午，威利全身湿透地回到家中，冻得瑟瑟发抖。他的母亲让他赶快躺回床上睡觉，不过一觉醒来他的病依然没有好转，他们还是叫了医生。

原计划第二天晚上白宫要举行一场官方招待会，史顿医生认为威利没什么大问题，于是派对照常举行。那天晚上，总统和总统夫人经常溜上楼去看熟睡的孩子。可威利的病情愈发严重，几天后竟然死了。

林肯先生悲痛欲绝，他哭着说："我可怜的孩子！上帝召唤他回家了。"林肯太太被悲伤压垮了，林肯先生很为她的健康担心。没有兄长的陪伴，小泰德感到怅然若失。他经常跑进父亲的办公室，猛地伸出手臂紧紧抱住父亲，然后再跑回去一个人孤独地玩耍或是在父亲身边小睡。来访者们经常看到总统离开办公室把这个睡着的孩子抱去床上。自从威利死后，整个白宫都变得不一样了。

也许是因为战争开始得太快，林肯夫妇都还没来得及在华盛顿交上几个知心朋友。伊丽莎白·克克利太太是一位自由黑人裁缝（华盛顿有不少自由黑人），她为人聪明伶俐、善解人意，非常讨林肯太太喜欢，两人慢慢交上了朋友。在这段悲伤的日子里，她给了林肯一家很大的帮助，总统也很信赖她。当然，林肯爱他的每个孩子，不过威利是“小林肯”，是所有孩子中最像父亲的那个。林肯太太难过了好几个月，她的丈夫需要她快乐起来，需要她的支持。

1862 年，战况越来越糟糕。林肯总统开始觉得如果奴隶们一直处于被奴役的状态，那联邦根本没有可能赢得这场战争。几年前他曾提议由政府出面购买并解放奴隶，不过这个提议由于“花费太高”而被驳倒（若干年后，有历史学家算出美国内战所花费的金额是购买和解放奴隶的两倍之多）。那时候他所提出的建议他无法实施，而现在，林肯总统所拥有的权力使他能够解放叛变诸州的奴隶。但是具体该怎么做呢？他花了好几个月的时间去研究这个问题。

1862 年夏天，麦克莱伦组建了一支精锐的部队，可战斗仍旧没有获胜。总统走到电报局，坐到写字台上开始写信。在这里，在这些发报机的包围中，他可以暂时从求官谋职和发牢骚的人中解脱出来。他写了几行字，然后把那张纸锁进抽屉里离开了。他总会时不时地来这里。有时候写半页纸，有时候只是修改他以前写的部分。人们看在眼里，什么都不说。他们知道，林肯是想在文字里寄托更深沉的感情。

七月，林肯同西瓦德和海军部长吉迪恩·韦尔斯一同商讨了解放黑奴的事宜。他们对于总统思想上的转变非常震惊，要求给他们一点时间去考虑这件事。

八月初，总统召开了一次内阁会议，把这个问题明明白白地摆到了他们眼前。结果自然是有许多反对的声音，但大部分的刁难林肯都已经预见到了并一一做好了应答准备。只有西瓦德提出了一个建议是林肯所没有想到的：他建议等到联邦取得胜利后再谈这个问题，因为那个时候整个国家也会比较容易接受这种改变。这一点林肯表示赞同。

与此同时，废奴主义者逼着总统明确自己的立场并解放奴隶。代表团来到白宫请愿，许多人还写了措辞强硬的信件。8 月 19 日,《纽约论坛报》的霍勒斯·格里利发表了一封致林肯的公开信。信中谴责总统行事拖延，要求他立刻没收并解放奴隶。格里利声称他代表的是二千万人民的看法。

对于格里利对他政策的批评，林肯的回复迅速而明了。“我要在宪法的指引下通过最快捷的方式去拯救联邦……如果有些人认为除非能保留奴隶制否则他们就不愿意去拯救联邦，对于这种人我是不赞成的。如果有些人认为除非能摧毁奴隶制否则他们就不愿意去拯救联邦，对于这种人我也是不赞成的。在这场战斗中，我最重要的目的就是拯救联邦。

“我所表达的上述观点是出于公务，至于我个人的愿望——我希望所有地方的所有人都应该获得自由——这一想法是不会改变的。”

他还在继续等待一个适当的时刻。

当联邦军取得安提塔姆战役的胜利之后，林肯再也无法等待了。那股引导他前行的内在力量使他确信，现在就是那个他一直在等待的时刻。9 月 22 日，他召集了一次内阁会议。

“我曾对自己和上帝做过一个承诺。”他对部长们说道，“现在，是时候履行这个承诺了。”接着，他向他们朗读了他写的一份关于解放奴隶的宣言。

这份宣言警告了某些州或某些州的某些地区，他们这是在“反叛合众国”，并说“除非停止反政府的战争，否则在这些州中被蓄为奴隶的人从今以后直到永远都是自由的。合众国政府将承认并保护上述人的自由。”

他要求“已获得自由的人”避免暴力行为并参加报酬合理的工作。他还承诺他们可以在要塞和船上工作。现在他所宣读的这份文件是正义并合法的，他恳求人们能经过深思熟虑再下判断，也恳求上帝的眷顾。如果得以通过，那么这份宣言将于 1863 年 1 月 1 日生效。

林肯的内阁曾反对过他许多次。但这一次他们一致表示赞成，并很快签署了这份文件。

这份著名的文件仅仅宣告了那些退出联邦的州的奴隶得以解放，然而，面对如此庞大的奴隶总数，其实效果是有限的，不过它的道德价值却是无限的。北方人将之视为林肯真心希望解放奴隶的标志。而废奴主义者们仍然觉得这份宣言过于温和，但他们也承认这是迈向正确目标的一个好的开始。

欧洲方面，尤其是英格兰，曾经对南方深表同情。而现在，当他们看清了林肯的立场以后，原本打算插足干涉的计划也暂时被搁置一旁，自由主义者更是转而支持林肯。

许多人认为，尽管有其局限性，但《解放黑奴宣言》确是自 1776 年的《独立宣言》以来人类迈向自由的最重要的一步。

然而，这份伟大的宣言在战争上所造成的影响更是激化了南北双方的对抗情绪。现在，北方人是在为道德而战，而南方人是在为生存而战。

第十七章 战争中期

1862 年秋天，总统前去检阅波多马克军团。他想亲自去看一看这支军队并和将军进行私谈。虽然损失惨重，但在安提塔姆一战时，麦克莱伦将军总算还是打了胜仗，可他却没有把这份优势继续保持。也许这个将军更适合治军而不是打仗，总是龟缩在大本营里不出战是赢不了的。

林肯骑在马背上视察了整支军队。他是一位好骑手，骑着马的样子远比他走路的样子要优雅得多。麦克莱伦下定决心要挂免战牌，林肯就此与他进行了长谈。

“你不觉得你过于谨慎了吗？敌人每天都在出战，为什么我们就不行呢?”林肯问道。不过，麦克莱伦依然推三阻四找了许多拖延出战的借口。

回到华盛顿后，总统立刻将麦克莱伦调去了其他工作，并任命伯恩赛德少将接管波多马克军团，希望这位将军可以采取积极有效的行动。

不过，伯恩赛德让他的总统失望了。一战之后林肯又令“好战的乔”——胡克将军接替了他的位子。1863 年春季，他又一次前往劳军。

这一次林肯太太和泰德都陪总统一同前往。林肯太太的精神状态不是很好，林肯希望这次出行能够转移一下她的注意力。泰德很喜欢这次出行，那些士兵们很喜欢他，还给了他一匹马。在官方阅兵仪式上，泰德骑着马跟在骑兵团旁边飞驰，他灰色的斗篷随风飘扬，双眼炯炯有神。

检阅仪式后，总统移步前往医疗帐篷慰问伤员。他一张床一张床地慰问伤员，花时间和每个人交谈。

“你听说了吗?”有人在总统身后窃窃私语道，“阅兵仪式的时候，总统对士兵们举手触帽致敬!”

“这就是我理想中的总统!”士兵说道。当林肯准备前往总部的时候，士兵们夹道欢送他离开。

这一次劳军让总统信心大增。先进的枪炮、精锐的骑兵部队和训练有素的士兵很快就能将这场战争做个了结。只是，林肯觉得胡克有些过于自信了。该派哪位将军出征对总统而言依然是个大难题。

除此之外，林肯总统还在考虑其他一些重要的事情。他在国家福利的问题上做了许多改革——不过人们都太关注于这场战争，很少有人注意到他的其他功绩。

林肯将11月的最后一个星期四定为全国感恩节，并让财政部将“我们信仰上帝”的字样印在硬币上。这段文字首先被印在了两分硬币的币面上，之后其他硬币也都出现了这段文字（第一个使用这段文字的便士是1909年的“林肯便士”）。

林肯还记得他当年在新塞勒姆当邮政局长的时候计算邮资一直是件令人头疼的事情，所以他签署了一份要求全合众国统一邮资的文件。1863年7月，在全国49个城市范围内开始进行免费邮递。在战争期间，第一列邮政列车也开始运营，第一个铁路工会也组织成立了。

美国内战也可以算是第一场铁路战争，士兵们惊讶地发现，不是所有的铁路他们都能使用。不同的铁路公司有他们自己的轨道宽度，列车不可能从一条铁道开到另一条铁道上。早期的铁路建造者采用的是乔治·史蒂芬森的英式测量法，轨道的宽度为4.85英尺。新建的铁路则选择了不同的宽度，而且每条都不尽相同，但总体都在四英尺至五英尺之间。

1862 年，当联合太平洋铁路[①]准备开始绘图的时候，其公司让林肯先生决定铁轨的宽度以及这条路线应当始于内布拉斯加的何处（林肯选择了奥马哈）。在战事繁忙的情况下，他仍然花了许多时间去研究测量法并最终决定将轨道宽度定为 4.85 英尺。由于林肯对铁轨宽度的高度重视，其他铁路也决定采用林肯所定的宽度。于是，第一次，火车可以在各轨道之间来回切换了，横穿大陆的旅行终于得以实现。

西部的大规模开发让农业变得吃香起来，于是林肯在任职的第二年成立了农业部。

外交事务也没有被忽略。总统承认了海地和利比里亚这两个黑人政府，并和俄罗斯发展了外交关系。这为五年后的阿拉斯加购地案做了铺垫。

他还花了一份心思给暹罗国王回了一封言辞巧妙的信。暹罗国王曾送给他许多礼物，有象牙、国王自己他女儿的画像等，他还提出要送给林肯一对大象让它们在美国繁衍后代。暹罗国王的初衷是好的，所以林肯的拒绝也必须圆融得体，信中绝对不能出现一个“不”字。下面是他回信的

① 1862 年林肯总统签署“太平洋铁路法案”，旨在沟通密西西比河和太平洋海岸的交通，加强内战中北方的实力。

片段：

“我感谢您的好意我尊敬的陛下。不过，我们的政治管辖权尚未有权允许大象繁衍。而且，蒸汽火车和蒸汽船是我们最好用也最高效的国内商业运输工具。”

听说总统对新武器很感兴趣，许多战争武器发明家便纷纷前往白宫献策。其中有些人的想法和要求实在是荒谬，但总统依然能做到彬彬有礼、应付自如。

有个人在离开的时候咯咯笑个不停，他对朋友说：“你该听听总统跟我说的那个谜语。

“他对我说：‘假如我管羊的尾巴叫作腿，那么一只羊有几条腿？’

“我回答说：‘五条。’

“‘不是的。’总统纠正道，‘一只羊只有四条腿。就算你把尾巴叫作腿，它也不可能真的变成一条腿。’所以说，你得做点什么给总统看——光说可没用。”

对新发明的重视取得了回报。林肯同意实验性地使用某些武器。用观测气球进行观测就始于 1861 年的夏天。在看到约翰·埃里克森的“莫尼特”号铁甲舰之后，林肯也定购了三艘装甲舰。

还有许多其他的“第一”。通过了第一部征兵法；颁发了第一枚国会荣誉勋章；离开家乡服役的士兵第一次有了投票权。宪兵队制度和军队医疗措施也都开始实施。

当《堪萨斯-内布拉斯加法案》被正式废止的时候，总统想必是很高兴的。新法律开放了免费的宅地并建立起了联邦银行体系，这个体系能将他年轻时所争论不休的商业问题得以解决。

与此同时，林肯始终都在寻觅一名能委以重任的将军。南方邦联有一名毕业于西点军校的出色将领——罗伯特·E·李。难道北方就无人能与之抗衡吗？每一天总统都要忍受别人对他作战指导的挖苦批评，这让他如坐针毡，其实他比谁都更想在最短的时间内打赢这场仗。林肯明白，在打赢这场战争之前，他都不能将他那巩固联邦的宏伟计划公诸于众。有时候他还会绝望地想成立联邦政府这个高尚的梦想是否能为世界所接受。

每到晚上，总统就会在寂静的白宫大楼里不停地走来走去。他也会为私事而感到悲伤。威利的死让他尝到了白发人送黑发人的痛苦。如果他们今天仍住在斯普林菲尔德，也许他的儿子就不会死了！那个心地善良、连一只野火鸡都不愿打死的亚伯·林肯现在却必须把成千上万的健壮小伙送去战场。他根本不忍心看到士兵因为太过疲惫所以在站岗时不小心睡着而接受军事法庭的审判并枪决。可另一方面，林肯也深知纪律的重要性。那段时间，内战所带来的悲伤几乎要把林肯给压垮了。

在这样的夜晚，林肯最后会跪下来开始祈祷，祈求上帝能给他帮助和指引。不知怎么的，自从威利去世以后，他感到上帝离他似乎更近了。这位孤独的父亲希望上帝能赐给他力量，带领他走下去。漫漫长夜总会过去，第二天又有堆积如山的战务问题等着他去解决。

东部地区战报频传。人们纷纷谈论着“拿下里士满”、“保卫华盛顿”等战役，却很少有人注意到海军在密西西比河上的动静，并向总统抱怨说没有一个将军能拿下密西西比河岸如铜墙铁壁一般的维克斯堡。所以当尤里西斯·辛普森·格兰特，一个西点军校的毕业生，重返军队并被派往中西部战场的时候，人们并没有特别关注。而格兰特此去，并非为个人荣誉，而是为了拿下维克斯堡。尽管这并不容易。

一整个冬天的努力都没有奏效，士兵们在失望之中迎来了 1863 年的春天。格兰特有了一个大胆的计划。他打算带着士兵从西部过河在维克斯堡南面安营扎寨。与此同时，联邦海军将冒险与他会和。六月，格兰特出奇制胜地将维克斯堡包围了。他的计划一举成功。7月4日，维克斯堡正式投降。9日，一艘联邦汽船从圣路易驶往新奥尔良，一路畅通无阻。

不过，胜利的捷报一时半会却传不到东部。信使必须乘船走600英里的蜿蜒水路才能到达凯罗发电报。

这几个星期里，当格兰特默默地调兵遣将的时候，胡克将军和他的波多马克军团却在钱斯勒斯维尔陷入了苦战。罗伯特·李的联盟国部队只求速战，他带兵向北进军，打算偷袭谢南多厄河谷，运气好的话说不定还能一举攻下华盛顿。胡克将军被迫抄近路杀回，保卫首都。到了六月底事态已经万分严峻，两军的探子都无从知晓对方军的所在地。

在这个关键时刻，由于增兵请求被拒绝，胡克将军辞去了他作为指挥官的职务。在钱斯勒斯维尔大败的批评声不绝于耳之时，总统任命了胡克手下的军官乔治·米德接替他的位置。米德是一名好军人，他并不特别出色，但却相当可靠。可是他还没有做好战斗的准备。他帐下的60个团由于服役期满都已经解散了，现在只剩下几千名未经训练的新兵伢子不得不硬着头皮顶替上场。罗伯特·李的部队应该就在附近了，不过米德却不知道他们究竟在哪里，这令他感到绝望。

四天之后，米德的部队在宾夕法尼亚的葛底斯堡遭遇了李将军，从而打响了著名的葛底斯堡之役。这场激烈的战斗持续了整整三天，伤亡士兵不计其数。7 月 4 日晚，罗伯特·李集结了残余部队落荒而逃。他知道胜利的希望已经破灭了，想要让对方在承认联盟国的基础上休战讲和已经是不可能的了。

米德和他的残余部队都已经精疲力尽，他们甚至都还没意识到自己赢得了一场多么伟大的胜利。

两场战役胜利的捷报在同一天传来，战局就此扭转。离战争结束还剩 2 年，但是自 1863 年 7 月 4 日后，胜利将会属于哪一方基本上已成定局。

几个星期后，有人建议政府买下葛底斯堡的一块地作为国家公墓。大部分人都表示赞成。揭幕式定于 10 月举行，并邀请了当时最著名的演说家爱德华·埃弗里特前来致辞。但他回复说时间太仓促，他需要时间准备，于是揭幕式被推至了 11 月。

没有人提议让总统演讲。委员会希望由一位与这庄严一刻相称的演说家来发言。他们几乎是事后才想起要邀请总统阁下说两句话。他们告诉林肯："就说说这片土地现在神圣的用途吧。"

亚伯拉罕·林肯接受了，他在脑海中反复斟酌着演讲的内容。必须简短——如果在彼时彼刻谈起他对政府和联邦的某些想法是否合适呢？他试着在纸上写下他想传达的理念。

11月17日的一个深夜，白宫的管家——威廉·斯莱德来到总统的书房，想在他下班之前询问总统是否还有什么需要。这位管家是来自弗吉尼亚州的一个自由黑人，负责购买食物和准备派对的餐饮等事物。总统很喜欢他，他是林肯最信任的传话人、男仆和朋友。林肯看重斯莱德就像林肯太太珍惜与克克利太太之间的友谊。现在他需要斯莱德的帮助。

"威廉，听听这个，"林肯先生说道，"你觉得怎么样？"他大声地朗读起了他为揭幕式所写的致辞。

"我很喜欢，总统先生。"斯莱德说，"我觉得很棒。"

林肯这才放心地去睡觉了。

第二天，林肯和一大群党内人士一起乘专车从华盛顿前往葛底斯堡。他的口袋里放着他读给威廉·斯莱德听过的发言稿。在火车上的时候，他又拿出来做了些修改。一旁的人看到他奋笔疾书都以为总统阁下到现在才开始写演讲词，这实在是太敷衍了事了。

19 日，一群人浩浩荡荡地向公墓走去。达官要人们被安排坐在一个木制的主席台上，冗长乏味的祈祷和埃弗里特长达两个小时的演讲让他们觉得百无聊赖。当主持人说有请总统上台讲话的时候，大家只觉得又来了个说废话的人。

林肯走向前去，温和的眼睛注视着下面冷淡、不耐烦的观众。他嗓音清澈、语速缓慢，让人们能听清他说的每一句话。

“八十七年前，先辈们在这块大陆上创立了一个新的国家，它孕育于自由之中，奉行人生来平等的原则。

“现在我们所从事的伟大内战，就是在考验这个国家，或是任何一个孕育于自由并奉行上述原则的国家是否能够长久存续下去。现在我们所在的这块土地曾经发生过一场伟大的战役。为了让国家得以生存，战士们献出了自己宝贵的生命。现在，我们要把这片战场献给他们作为安息之所。我们应当这样做，也必须这样做。

“但是，从更广泛的意义上而言，这块土地我们不能够奉献，不能够圣化，不能够神化。因为那些曾在这里战斗过的勇士们，无论是活着的还是死去的，都已经把这块土地圣化了，这远不是我们微薄的力量所能增减的。我们今天在这里所说的话，不会引起全世界太大的注意，也不会被长久地铭记，但勇士们在这里所留下的事迹，却永远不会被忘记。倒是我们这些还活着的人，应该把自己奉献于这场伟大的事业，这场勇士们已经向前推进但却尚未完成的事业。倒是我们这些活着的人，应该在这里把自己奉献于这项仍然留在我们面前的伟大任务——我们要从这些光荣的死者身上汲取更多的献身精神，来完成他们已经彻底为之献身的事业；我们要在这里下定最大的决心，不能让这些死者白白地牺牲；我们要使国家在上帝的福佑下得到自由的新生，要使这个民有、民治、民享的政府永世长存。”

最后一个字音落下后，台下勉强响起了一些稀稀落落的掌声。林肯回到了座位上，他觉得自己的这次演讲没能成功地把他的理想传达给世人。揭幕式结束后，人们就匆匆四散回家了。

第二天，当人们在报纸上读到这篇演讲的时候，才感慨于林肯发动这场战争的动机是如此高尚。他们更加理解了林肯对于联邦所寄予的美好希望。不过当时的人们没有意识到短短的《葛底斯堡演说》是一篇多么伟大的经典演讲。全世界都被这篇演说所鼓舞，为亚伯拉罕·林肯所传达的政府理想而奋斗。

第十八章　“不要以怨恨相对”

胜利的喜悦持续了整个秋天。格兰特和米德被人民拥戴为英雄。但总统对阻止肯塔基州脱离联邦的努力却没有被重视。几乎没有人意识到他将密苏里州看作了一个安全地带，也没人注意到海军在密西西比河上的重要举措。林肯为胜利而感到高兴，他知道他选对了将领。

有人对林肯说：“上帝站在我们这边！”

林肯立刻回答：“我并不关心上帝是不是站在我们这一边，我每天都在祈祷我们站在了上帝的那一边。”

格兰特将军乘胜追击，11月又拿下了查塔努加。1864年初，总统将整个联邦军的指挥权都交给了他。国会不但赞成，而且还恢复了乔治·华盛顿曾担任过的陆军中将军衔，投票决定授予格兰特这项荣誉并将他召回华盛顿。

1864年3月8日，林肯夫妇举行了一场招待会，有消息称格兰特将军也将出席。一时间宾客盈门。

格兰特没想到有一场派对等着他，他下了火车后就直奔白宫，满面征尘、戎装残旧。

总统官邸灯火通明，但他却没去注意这些。他要求觐见总统，然后被领到了那个宾客如云的房间。一个人有多伟大往往就看这一刻——格兰特一路前行，许多曾看过他的相片并认出他的人都尊敬地退后了一步与他保持距离。一切嘈杂声都停止了。当格兰特走进房间的时候，这两个伟大的人终于相见了。他们无需多余的介绍。这个矮小、衣衫破旧的军人抬头望着高大、枯瘦的总统，两人的手紧紧地握在了一起。

国务卿西瓦德适时地将格兰特将军介绍给了林肯太太。大家缓了一口气，接着爆发出了长久的欢呼声，震得连水晶灯的坠子都叮当作响。客人们纷纷前来与将军握手，西瓦德缓缓地将他带到沙发边上，简单地聊了几句话，然后又接着会见了一长串的宾客。

第二天早晨，格兰特再一次来到白宫，他被正式授予了陆军中将的军衔。总统做了简短的演说，其中有一段是：

“上帝保佑，你的国家信任你，也支持你。我的这段发言是为了国家，也发自真心。”

现在人们的心中满怀希望。可谁也没料到这场战争竟还要持续一年。

林肯总统的支持率随着战况的变化而起起伏伏。在执政中期，他的敌人似乎比朋友更多。但当格兰特挂帅后一切都发生了改变。

六月份在巴尔的摩将要举行一场总统提名大会。出席的人大多都是共和党人，由于还有一部分“主战派民主党”也将出席，于是这场大会被戏称为“国家联邦”大会。

林肯听说这件事后，咯咯地笑了出来。在经历了几个月的挖苦和批评之后，现在的人们以提名他为总统而备感荣耀！第一轮投票他胜出了。

不过民众的支持率并不稳定。八月，叛军一举攻到了国会大厦附近，就连首都华盛顿也危在旦夕。这时候林肯似乎根本没可能当选了。连他自己都没有指望过。虽然仲夏的这场突袭并没有成功，但这确实动摇了人民对联邦的信任。甚至连格兰特将军也从圣坛上被拉了下来。人们不再唱激昂的《共和国之歌》，而唱起了《今夜安营扎寨》这样的哀歌。

然而，法拉格特、格兰特和谢尔曼在秋天的胜利又一次改变了全局。林肯又一次赢得了选举。

人们向他表示祝贺的时候，林肯说道：“我心里清楚，这个胜利并没有让我忘记要心怀感激。”

在战后该如何处置南方诸州的问题上，林肯与国会之间产生了分歧。尽管如此，他还是以多数票当选了。这让有些选民百思不得其解。他的胜利无疑是他个人的成功。但是，关于让叛乱诸州在战后仍然作为联邦成员的这一决定，他们应该投信任票吗？只有时间能回答这个问题。

亚伯拉罕·林肯现正在准备另一场就职典礼。战争快要结束了，他现在考虑的是怎样才能让这两个决裂的兄弟再次团结起来。没人知道林肯的心里究竟是怎么想的。但大家都明白，他希望恩威兼施、宽严并举。

“我们不能以冷酷无情玷污了胜利的荣耀。”他总是反复强调这个观点。可总统身边的人并不赞成把奴隶从南方人手里赎出来或是用怀柔手段安抚战败的民众。这是一个难熬的冬天，总统阁下每天都得小心翼翼地生怕说错话。

这段时间林肯变老了许多。他已经没什么精力去消遣放松，以平衡他所肩负的重任。就算举行派对也都是些拘谨的正式公务——这个疲惫的男人连喘口气的时间都没有。夏天，林肯一家住到了华盛顿郊外的退伍军人之家。总统很享受每天从这里往返到他办公室的那点路。到了冬天，他就没那么自由了。

林肯太太对华盛顿的生活很失望。她是个有野心的女人，可是那些针对总统和她本人的挖苦批评让她觉得难以忍受。和其他人一样，她的家人们也都各自为不同的阵营而战。这份压力、威利的死以及她自身较真的性格让她陷入了苦恼之中。

每到冬天，林肯夫妇唯一的共同娱乐就是上剧院。只要有莎士比亚的剧或是其他不错的戏上演，他们就会前去观赏。白宫的保安部长十分担心林肯的安全问题。总统阁下根本无所畏惧！他会在城里四处走动，驱车去乡下，或是坐在剧院的公开包厢里——他们该怎样保护这样一个人呢？不过林肯依旧我行我素，什么都不怕。

三月到来了。

这天是林肯的第二次就职典礼，春雨淅沥，天气阴湿而寒冷。但群众都耐心地站在国会大厦前等候。当总统现身的时候，群众疯狂地欢呼了起来。就在那一刻，太阳破云而出，宽阔的广场在阳光的照耀下变得温暖宜人。大家都认为这是一个好兆头。

就职演说充满宗教的庄严肃穆。整篇短文听起来好像很久以前蒂莉·约翰斯顿在鸽溪附近的树林里听亚伯背诵的旧约篇章。林肯在圣经的指引下写下了这篇演讲：如果他想为这个国家做点什么，神的引导比政治家们的空谈更加有用。人们鸦雀无声地聆听着。他结束的话语让人久久难以忘怀。

“不要以怨恨相对，要以慈悲为怀。上帝使我们懂得正义、坚持正义，并努力完成正在从事的正义事业，包扎好国家的创伤，关心那些担负起战争重任的人，并照顾他们的孤儿寡妇，去缔造和珍惜我们国内及与其他国家之间公正而持久的和平。”

过了几天，总统阁下决定乘坐“大河女王”号一路南下前往波多马克军团的驻地。林肯太太和泰德还有罗伯特的未婚妻也一路随行。罗伯特现在已经是格兰特麾下的一名上尉了，他们很快会在驻地见到他——当然也会见到格兰特将军。自从第一次在接待会上见面后，林肯就喜欢上了格兰特这个人，与他之间可谓是无所不谈。下令让谢尔曼来会见格兰特和林肯的事其他人并不知道，其实谢尔曼早已在那里待命。

4月2日，就在林肯与格兰特和谢尔曼商谈后的第五天，里士满被攻下了。杰佛逊·戴维斯及其内阁成员仓皇而逃。李的军队也放弃了保卫联盟国首都的希望，联邦军将领威特泽尔正指挥军队前去接管里士满。这场漫长的战争再过几天就会彻底结束了。

把鱼雷从河里移除后，总统阁下在海军上将波特的陪护下继续向里士满前进。林肯想以个人名义对这座沦陷的城市进行私访，而这一次的访问可以说是亚伯拉罕·林肯一生中最重要的时刻之一。并没有什么正式的欢迎仪式，林肯和泰德步行来到了杰佛逊·戴维斯之前住的宅邸。有一个在码头工作的黑人在林肯带着泰德下船的时候认出了他。

“光荣的哈利路亚！”那个男人高呼着，跑到总统面前跪了下来。

“不要向我下跪！”林肯大声说道，“你只应该向上帝下跪！”

不过那个男人并没有动。

“请原谅我们，先生，我们不是不尊重您，我们想表达对您的爱意和感激。”其他人也跑来跪下，还唱起了赞美诗。这让林肯寸步难移。直到走到路的尽头他还能看见那些唱着圣歌不停高呼的人们。

这个高大的男人拉着儿子的手，他们俩走得很慢。泰德现在已经 12 岁了，但是他现在的个子还很小。他一点也不胆怯，整个人神采奕奕、面带微笑。总统亲切的脸庞看起来高贵而充满关怀。白人们从紧闭的窗子里偷偷地向外望着——这个男人就是传说中的那位狠戾暴君吗？他看起来明明很友好，就像是隔壁跑来串门的邻居！

人群越聚越多，多到林肯都没法正常巡视了，他只好告诉他们：“我没有很多时间能待在这里，我想看看你们的首都，然后赶回华盛顿，去为保卫你们所珍视的自由而战。”群众这才让他继续往前走。

六天之后（1865 年 4 月 9 日），李将军投降了，联邦与他们签署了条件十分慷慨的和平条款。南方的士兵们可以回家了，只要不再做出反联邦政府的行为，他们就不会有麻烦。

这些条款传出去之后，整个华盛顿都沸腾了。他们认为这“实在是太便宜他们了”。许多人都很困惑，为什么格兰特将军和谢尔曼将军所签署的和平协议内容都差不多呢？政客们冲进白宫向总统发牢骚。众人所不知道的是，他们三人曾在“大河女王号”开过一个秘密会议，而那场行程并没有被公开。

“现在要改已经太晚了，先生，”林肯坚定地告诉他们，“将军们所拟定的条款已经被对方所接受。现在我们必须履行诺言。”他由此向众人展示他已经是一位成熟的政治家了。

4 月 14 日下午，总统召开了一次长久而重要的内阁会议，会上讨论了处置南方政府的各项事宜。内阁成员们建议，只要对方承诺不做出反政府的敌对行动，就能不受干扰地继续正常生活。一些政府部门，比如邮局、财政部恢复正常工作，享受和叛乱前相同的政策和待遇。

格兰特将军之前已经与内阁会过面。休会期间总统邀请了将军及其夫人晚上一同去剧院看演出。不过他们正准备离开华盛顿，只好婉言谢绝了这份殊荣。

这天天气很好。会议结束后，总统夫妇二人还独自开车去兜了风。林肯还谈到了对未来的一些规划。

“玛丽，”他说，“自从我们来到华盛顿，日子就一直很不好过。现在战争结束了，上帝保佑我们可以在之后过上四年和平安稳的日子，然后我们就回到伊利诺伊去，安静地度过我们的余生。”

他们幸福地规划着未来，然后开车回家吃晚餐。

第十九章　1865.4.15

白宫的访客稍稍耽搁了总统的行程，当林肯夫妇和他们所邀请的贵宾——拉斯伯恩少校及其未婚妻赶往剧院的时候已经迟到了。剧院里座无虚席，许多退伍军人来此只为了看一眼总统的庐山真面目。当林肯出现的时候，台上的戏也停了下来，乐队开始演奏《向总统致敬》。全体观众都起立向林肯欢呼喝彩。总统鞠躬致意，戏剧才继续开演。

那天中午，约翰·威尔克斯·布斯—— 一个支持南方的狂热分子听说了林肯将要去剧院的事。一个在他脑海中盘旋已久的疯狂计划，他决定在今天去实现它。

晚上十点左右，他把马拴在剧院的后门，然后走向那条通往总统包厢的走廊。他随身带了一把小刀和一把手枪，偷偷地潜行到那个包厢附近，直接一枪打中了林肯的后脑。

拉斯伯恩少校抓住了布斯，但他的手臂也被凶手严重砍伤了。布斯挣脱了拉斯伯恩的控制，跳到了舞台上。刚才那声枪响和布斯的突然一跃让许多人都以为这只不过是演出的一部分。观众们虽然不安，但也没有被吓到。直到拉斯伯恩少校大吼一声："抓住他！他开枪打了总统！"

观众们霎时间惊恐万分，整个剧院一片混乱。布斯从包厢上跳了下来，但靴子上的马刺却勾破了挂在包厢外的一面联邦国旗，他自己也跌倒在舞台上摔断了腿。不过观众的迟疑又给了他站起来逃跑的时间，他慌忙奔到后门，一跃上马飞驰而去。

在总统包厢里可以看到，林肯所受的这一击是致命的。医生来了，林肯被小心翼翼地送到街对面的一个临时避难所里。很快，又有几个医生赶来了，内阁成员、林肯的儿子罗伯特和许多朋友也都赶来帮忙。不过他们想要救的这个人伤得实在太重，根本没有活过来的希望。不省人事了几个小时之后，总统于 4 月 15 日早上七点离世了。

悲伤的群众将华盛顿的街道堵得水泄不通，每个人的手里都抓着一份专刊，上面以大号黑体字写着这个噩耗。

号外

总统阁下昨晚于剧院被刺身亡

加黑框的专栏刊登了这起事件的经过。全国的电报局和出版社都在加班加点地登载这个新闻。人们在街上一起恸哭哀悼。总统的死亡给这个国家带来了巨大的打击。南方诸州也许永远都不知道自己失去了一位多么重要的朋友。而这个国家也失去了一位他们所迫切需要的智慧过人、才能卓绝的引导者。

悼念仪式于星期二在白宫举行。仪式上所朗诵的圣经诗篇也都是些讲述人类思想的内容，而不是那些陈词滥调。

“人就像一朵花，在最光辉的繁华过后就会迎来死亡。”

将遗体运送回伊利诺伊大草原的旅程既漫长又悲伤。

林肯的朋友们希望能进行私人悼念，于是一路上要停许多站——纽约、费城、克利夫兰、芝加哥和其他一些地方。用黑布遮盖的火车缓缓地驶过乡间，路旁站满了哭泣的人群。城市都披上了绉纱的寿衣，丧礼的挽歌漾起了阵阵回响。在为期两周的哀悼期间，所有的商店都暂停营业。最终的仪式定在 5 月 4 日于斯普林菲尔德举行。

这段时间，报纸上报导的全都是林肯的生平事迹。文章叙述了他想要拯救联邦的美好愿望、他的信仰、他的勤勉、他优秀的判断力以及他的仁慈。报纸上说，他是所有人的朋友，无论是南是北，无论是奴隶还是自由人，从未有人对国家有过如此崇高的理想。

好几年过去了，亚伯拉罕·林肯的形象也逐渐清晰了起来。人们这才看见了他多方面的才华。他选择了法律和政治作为他的毕生事业，但他应该也能成为一个不错的演员——他的时机感敏锐，也很有模仿天赋；或者他还能成为一个作家——他写的诗篇、讽刺文学以及那些精彩的演讲都非常出色。但是，他却将自己的全部精力与才华奉献给了他所最重视的政治生涯。在那个动荡的时期，所能回报给他的就是青史留名。

林肯成为美国梦的象征，那个没受过什么教育、既没钱也没势的小乡巴佬成了这片大陆上的最高官员。他的成功不仅仅是靠运气，更是因为他的诚实、尊严和仁慈。曾经，只要迎合群众就能让自己更受欢迎，但他却坚持了自己所相信的真实；曾经，只要稍作妥协就能让自己轻松入主白宫，但他却坚守了自己所作出的承诺。

曾经，那个叫亚伯·林肯的小男孩在亚萨·多西的学校里背诵和思考着《独立宣言》中那激动人心的话语：

人生来平等。

长大后的亚伯拉罕·林肯明白了人并非在所有方面都是平等的。就好像他永远也不可能像道格拉斯议员那么富有，同样地，道格拉斯也永远不可能像林肯那么高大。《独立宣言》并没有承诺办不到的事。签署这份文件的人建立了一个新的政府。他们写下了自己的提议——人们的权力必须遵从法律。这份文件声明了一个人生存的权力、自由的权力，并尽其所能地保证一个人的幸福。

亚伯拉罕·林肯，他用他的一生去维护了一个无论男女、无论种族、无论信仰皆平等的国家的团结和统一。

国际大奖儿童小说系列

1 兔子山
2 胡桃木小姐
3 信鸽花脖子
4 居里夫人的故事
5 本和我：本杰明·富兰克林的传奇一生
6 牧牛马斯摩奇
7 杜利特医生奇航记
8 一岁的小鹿
9 城堡镇的蓝猫
10 耳朵，眼睛和手臂
11 卡利柯灌木丛
12 黑暗护卫舰
13 扬子江上游的小傅
14 美丽的乔
15 纳尼亚传奇
16 梅溪岸边
17 银湖岸边
18 漫长的冬季
19 草原上的小镇
20 快乐的金色时代
21 狮子、女巫和魔衣橱
22 柳林风声
23 林肯的故事